朱丽叶游
巴黎

Juliette à Paris

Rose-Line Brasset

[加拿大] 罗丝-莉娜·布拉塞 著

彭 怡 译

海天出版社
HAITIAN PUBLISHING HOUSE
·深圳·

图书在版编目（CIP）数据

朱丽叶游巴黎 /(加) 罗丝-莉娜·布拉塞著；彭怡译. — 深圳：海天出版社，2021.1
（朱丽叶游世界）
ISBN 978-7-5507-2879-0

Ⅰ.①朱… Ⅱ.①罗… ②彭… Ⅲ.①游记－作品集－加拿大－现代 Ⅳ.①I711.65

中国版本图书馆CIP数据核字(2020)第053722号

版权登记号　图字：19-2019-145号
Titre original: Juliette à Paris
Rose-Line Brasset
Copyright © 2016, Éditions Hurtubise inc.

朱丽叶游巴黎
ZHULIYE YOU BALI

出 品 人	聂雄前
责任编辑	林凌珠
插　　图	安　琦
责任校对	叶　果
责任技编	梁立新
装帧设计	龙瀚文化

出版发行	海天出版社
地　　址	深圳市彩田南路海天综合大厦（518033）
网　　址	www.htph.com.cn
订购电话	0755-83460239（邮购、团购）
设计制作	深圳市龙瀚文化传播有限公司 0755-33133493
印　　刷	中华商务联合印刷（广东）有限公司
开　　本	787mm×1092mm　1/32
印　　张	7.75
字　　数	108千
版　　次	2021年1月第1版
印　　次	2021年1月第1次
定　　价	29.80元

版权所有，侵权必究。
凡有印装质量问题，请随时向承印厂调换。

目 录

7月14日星期四 1

7月18日星期一 19

7月19日星期二 48

7月20日星期三 74

7月21日星期四 106

7月22日星期五 137

7月23日星期六 177

7月24日星期天 196

7月25日星期一 213

跟着朱丽叶游巴黎 223

  巴黎旅游小贴士 223

  巴黎简史 234

  巴黎编年史 235

  问 卷 237

  答 案 241

7月14日星期四

上午10点

一阵嘈杂声把我吵醒。母亲在房间里发出很大的声响,不幸的是,她的房间刚好紧挨着我的房间。

饶了我吧!上学的时候我已经起得够早了,放假也要我一大早起,这是不是有点过分?

我不知道出了什么事,但她脾气很不好,所以最好还是不要去惹她。于是,我表现得尽可能乖巧,重新把脑袋缩到被窝里面,顺便抓住小象布娃娃。

啊,在家里度假!能心安理得地在自己家里晃晃荡荡,这也不错呀!至少有两个星期不用听老妈天天在耳边唠叨旅行的事。这真是破了纪录啊!

闭上眼睛,我试图重新睡着。白费劲!应该说,隔壁房间的噪声好像并没有要停下来的意思。

老妈粗暴地把抽屉拉开又关上,她似乎把自己衣橱里的东西都拿出来了。嘿,这还不够,她现在又自言自语起来。她失业了还是怎么了?我竖起耳朵,甚至听到她一边抱怨还一边骂人。

"我真不相信,在这么多旧衣服当中,就没有一件今天穿得出去的衣服,真气人!嗨,该死的出差,寒酸的衣橱!"

她说"该死的出差",那是因为她没有办法。她一定非常生气,因为她一口气说了那么多骂人的话……

情况很严重,我最好还是去别的地方玩。我想去找我的朋友吉娜,她家的院子里有个游泳池。如果透过房间窗帘的阳光可信,今天应该是大晴天。

上午10点15分

我下了床,匆匆穿上衣服,拿起背囊,塞进iPod[1]和我最喜欢的泳衣,然后想悄无声息地溜出房间,偷

---

[1] iPod,苹果公司设计和销售的系列便携式多功能数字多媒体播放器。(除特别注明外,本书脚注均为译注。)

偷地去一趟厨房。

"喂,朱丽——叶——特!来帮帮忙行吗?"

倒霉了。如果我妈这样拖长音,还在我的名字后面加上一个"特"字,这意味着情况不妙。

"出什么事了?"我问。我静观其变,免得她又自言自语,唠唠叨叨几个小时,翻来覆去地向我解释鸡毛蒜皮的小事——我不到半分钟就能讲清的小事。

"我要到城里最高级的法国餐厅去见《天涯海角》杂志社的主编,可我竟然没有一件像样的衣服。"她向我嘟哝道,夸张地叹了一口气。

你看你看,她刚刚发现,她衣橱里的衣服大部分是二十世纪八九十年代的……也不是太老嘛!

"你从什么时候开始关心自己的穿着的?你不是经常跟我说,外表不重要,重要的是内在美吗?"

"是的,那是以前。"她不耐烦地承认说,"但今天,外表很重要。"

"那是为什么?"

难道她真的要对我说,大部分时间,她的重大原则和教育只适用于不重要的东西?

"他应该有特别的事情要对我说,因为他要请我吃饭,所以我不能失礼。你明白吗?"

"好吧!吉娜在等我。这也很重要,我们打算在她家游泳池边晒太阳。"

"朱丽——叶——特!"

"好好,别发火。你究竟想让我怎么帮你?"

"跟我一起挑选我应该穿的衣服。"

天哪,这下,危险真的来了,但我想我别无选择。

"嗯……好吧,让我扫一眼里面有什么。"

老妈衣橱里的东西全都乱七八糟地摊在床上,五斗橱的所有抽屉都拉开了,乱糟糟的,许多变了形状或分不清是什么的东西和旧围巾、尖头皮鞋一起堆放在地上。在这些东西里面寻找可以穿的衣服,那是不可能的了!

"你还记得你在圣诞节穿的裙子吗?"

"那是黑丝绒的,可今天上午即使在树荫下也有25摄氏度。"

"哦,对。我承认那条裙子不合适,那你在复活节穿的那条呢?"

"我刚刚发现那条裙子正面被调味汁的污迹弄得很难看。"

7月14日 星期四

"哦，真的。让我再想想。那条黑色的长裤配你的花边上衣？"

"太不正式了。那件上衣没有袖子。别忘了人家可是老板，他邀请我吃午饭绝对不会是为了追我。"

我觉得这是一个让人失望的理由。而且，衣服没有穿破就不丢，这是哪门子想法呀！在这个房间里起码有3吨衣服，但没有一件不像是从很古老很古老的粗制滥造的电视剧里来的。突然，我的目光被一件白色的短袖衬衣吸引住了，以前好像没有见过这件衬衣。

"那件呢？那是什么？"

"啊，那是老古董了，是我20多年前第一次去欧洲的时候买的，但现在还合身。"

"你配上那条灰色的直筒棉布裙子看看？"

"你觉得可以？"

"是的，那件衬衣很漂亮。你可以搭配那双白色的平底轻便女鞋，肯定完美。"

行了，没那么复杂。尽管我才13岁，但不可否认，我已经是一个天才的服装设计师了。

"这主意不错。幸亏这些年来我一直留着这件衬衣。而且，当年买的时候就很贵。这是一种传统样式……哎呀，你看时间了吗？我还得熨烫裙子和衬衣呢！"

你看你看，她已经忘了我的存在，甚至也不谢谢我帮了她。真是个好妈妈！

"待会儿见，妈妈。我去吉娜家了。"

"好的，宝贝，待会儿见。"她漫不经心地说。

但愿我的那个朋友已经起床。为什么？因为现在还不到12点，而我们这些年轻人并不一定要一大早就起来。

中午12点

吉娜从小学起就是我最好的朋友。幸亏她脾气好，因为可以说我是硬把她从床上拉起来的。我们一起吃了早餐，橙汁、羊角面包加果酱，然后穿上泳衣。在游泳池边，我们一边听音乐，一边涂防晒霜，还聊着天。

"反正，我总有一天要上《声音》这个节目，这是肯定的。"吉娜说。当一名歌手，这太酷了。

"你觉得自己能被选中吗?"

"为什么不?应该相信自己的人生梦想。你不觉得吗?"

"是的,你说得对。我觉得你的声音很不错,真的!"

今年年底,当我们学校举行选拔赛,决定谁将被淘汰出地区二年级的最终演出时,吉娜已经初二毕业了。我非常欣赏她。

"你呢?朱丽叶?"

"我什么?"

"你打算长大后做什么?"

"啊,我还不是太清楚。"

在学校里,法语是我最喜欢的科目,所以,我有时想像母亲一样,成为作家或记者,也许是为了讲述我们的历险……但这天上午,我想,我或许更能成为一个时装设计师或类似的什么师。

"创造时尚的人。"

"像可可·香奈儿一样?"

"为什么不呢?"

"酷!那你就可以替我设计裙子了。"

我不知道，我也就是说说而已。我太喜欢时装了。但事实上，我最渴望在开学的时候成为学校里皮肤晒得最黑的女孩。而且，应该承认，那时，我特别想吉诺，那是我第二好的朋友……他的老家在南美的阿根廷，现在，他正在那儿度假呢！否则，暑假里我每天都能见到他。我想他了。他、吉娜和我，我们是不可分离的三人帮。我在想，吉诺现在在干吗呢？但愿女孩们不要追他追得太厉害……因为他太帅了！

下午1点

吉娜母亲的声音把我从梦幻中唤醒。

"哎，姑娘们。你们能过来帮我一把吗？"

"妈，什么事？"吉娜大声地问。

"关于今晚聚会的事。你知道我们今晚有客人，一起吃晚餐庆祝法国国庆。所以我有一大堆事情要做，光我一个人做不过来。"

"什么样的事啊？"

"准备餐前小食和其他吃的东西，还得把碟子拿到外面去，户外的灯也得布置好，车库里备用的桌椅也要拿出去……"

"可是，妈妈，我们正忙着呢！"

"吉——娜，我刚说过，我需要你们帮忙！"

得！玩不成了。我完全不知道吉娜的母亲生气时也会这样拖长声音叫女儿的名字……我甚至能从她的声音中感觉到我母亲马上要发火的那种信号。难道我好朋友的母亲也这样？真让人吃惊！

"行了，行了，妈，别生气了！朱丽叶，你能来帮我吗？"

我有别的选择吗？今天，我好像成了一个助理服务员。哼……

下午1点30分

吉娜的母亲吉内特有了新的男朋友。那是刚刚搬到这个街区来的一个邻居，看起来像是从巴黎来的。我是说他住在埃菲尔铁塔附近。他运气真好！眼下，他在育碧娱乐软件公司（Ubisoft Entertainment）工作，设计电子游戏。我觉得这太酷了，但吉娜却不是很喜欢他,因为他嘲笑她的口音,经常纠正她。我不知道我的好朋友有什么口音。不过,最近一段时间以来,我倒注意到她母亲说话的方式真的有所改变。她好像想去电视台工作……这太滑稽了!她不遗余力地把每个音节都发清楚,尤其是当她的新男朋友在场的时候。她不再说"速食面"而说"方便面",不再说"朱古力"而说"巧克力",不再说"影印"而说"复印"。我甚至听到她说"出租车"而不说"计程车"。真是疯了!

今天是7月14日,是法国的国庆日。就像6月24日之于魁北克,7月1日之于加拿大。妈妈说,我们可能是世界上唯一一个有两个国庆日的国家①。吉内特邀请了几个朋友来家里吃饭。她准备了法国酒、典型的法国菜和法国音乐。晚上活动结束时还有烟火表演。我在想,那些烟火是哪个国家制造的……我和我妈当然也受到了邀请。不过,这场聚会有很多准备工作要做。我也被强行征用了。可怕……

吉内特说,最紧要的,是准备吃的。我平时最

---

① 魁北克省因历史原因,把自己的省庆也叫作"国庆"。

讨厌切菜了,现在却手里拿着刀,正在切蘑菇。

"笃笃笃!"呸!我可不喜欢蘑菇。

"切完后还有什么事情要做?"我问。

"洗牡蛎,然后把蜗牛放在盘子里。"

"哦。"

不管怎么说,今晚的客人是饿不死的。不过,这当然要看他们的口味啦……至于我,我想我要回家吃晚饭。因为,看菜单,今晚这里有鸭肝酱、牡蛎、天香菜色拉、青蛙腿、蒜蓉蜗牛、蘑菇小馅饼、芥末蛋黄酱拌生牛肉末。甜点呢,长棍面包和各种各样很难闻的奶酪。如果这就是法国菜的话,我宁愿不去看埃菲尔铁塔。

"不。必须承认,如果连青蛙腿和蜗牛都吃,这就不仅仅是奇怪了……这简直是变态!"我大声地说。

"哎,朱丽叶,你还想吃什么?要知道,没有比这更讲究的菜肴了。"吉内特回答我说。

……

吉娜什么都没说,但我看得出来,她强忍着才没有笑出声来。喂,我说得对不对呀?

下午3点

看到我们无精打采的样子,吉内特终于把我们赶出了厨房,让我们到车库里再搬一张桌子和六七把椅子出来。于是我和吉娜就负责把桌子和配套的东西漂漂亮亮地安放好。两张披着同样的红白方格桌布的桌子拼在一起,让人感觉这是一张大桌子,桌子中间,我们放了几个玻璃花瓶,在花瓶里插了一些刚刚采摘的鲜花。我们还把梯子架到树干上,往树上挂白色的灯饰,并到处摆放跟法国国旗一样颜色的小旗子,也就是蓝、白、红三色的旗子。我后退一步看了看效果。嗯,太漂亮了!我想我也可以投身装饰界,当一名设计师。

下午4点

我们坐在客厅的沙发上,看一部黑白老电影休息一下,这是完全应该的。电影叫《歌剧魅影》,讲的是一个被毁容的音乐家,住在一栋大楼底下的隧道和地下室里，向伤害过他的人报仇。影片想让我们害怕，我们却想发笑。我寻思着，有些城市底下有秘密隧道，这是不是真的……

"你今晚打算穿什么衣服？"吉娜问我，她好像一点都没有被电影吸引。

"为什么这样问？这重要吗？"

"妈妈说，这是法国人的节日，要尽量穿得应景点。"

"这是什么意思？"

"我想，她的意思是说，要穿蓝、白、红。"

"啊，是吗？"

"你知道，巴黎是世界的时尚之都。巴黎的女人好像很会穿，不管是在什么场合，都穿得像模特儿一样。"吉娜信誓旦旦地说。

"你说得对，我也听说过，况且那是可可·香奈儿所生活的城市。"

"吉赛尔·邦辰，她也是巴黎人吗？"

"不是，她是巴西人，但这没什么区别。她很了不起。我母亲说，时装界很肤浅，所有的模特儿都厌食。你觉得是这样吗？"

"绝对不是这样。吉赛尔·邦辰肯定不厌食。我妈说，时装是一种跟绘画、音乐和文学一样的艺术。我还是同意她的看法的。我表妹有个好朋友，住在蒙特利尔。她认识一个14岁的女孩，非常瘦，班里的女同学都嘲笑她，叫她'长颈鹿'，因为她高出她们一个头。后来，你知道吗？一个星期六上午，她跟母亲在商店里购物时，被一家模特经纪公司发现了。她在巴黎待了一个月，穿着高级服装师设计的裙子走秀。那些裙子比我妈所有的鞋子加起来都贵。你想象得到吗？好在我妈也喜欢购物，也许有一天我也能碰到这种运气。"

"是的，你说得对。但要碰到这种运气，你得不惜代价保持苗条，主食以外不要吃零食。"

"正巧，我已经决定今年夏天要注意我的身体线条了。"

"我也要跟你一样。"我说，"就这么说定了。"

这时，吉娜的母亲在厨房里叫我们：

"姑娘们，你们想吃巧克力冰淇淋圣代吗？"

"想啊，两个球，还要糖浆和椰枣！"我们踮起脚尖同声大喊。

下午4点05分

吉内特的新男友多米尼克到了没多久就来厨房里替换我们了。

"嗨,姑娘们,外面那么漂亮,你们在里面干吗?"他打断了我们的话。

我看了一眼吉娜,有点不敢相信。

"他是怎么叫我们的?"我轻声地问。

她笑了笑,然后才告诉我说:

"法国人把女孩叫作姑娘。这好笑吧?"

"有病啊!"我在心里偷偷地说。

"妈妈说我们可以在里面看电视。"她对多米尼克说。

"这是什么电影?这布景我好像很熟悉。"他说。

"《歌剧魅影》。这是一部恐怖片,只是根本没有吓到我们。"吉娜说,"太旧了!"

"啊,对。我也这样认为,很不错的电影。你们知道吗,电影中的故事发生在巴黎?"

"真的吗?"我大声地问。

"真的,那个幽灵生活在加尼埃歌剧院下面的地下室里。"

"啊,是吗?"

巴黎下面有地下室和隧道?我真想哪天去看看!我边想边转过身,回到电视机前去吃圣代。

下午5点

我回到家换衣服,准备参加晚宴。妈妈还是站在上午的老地方,也就是说站在她的衣柜前,哭丧着脸。

"妈妈,你在那里干什么?你和那个主编的约会顺利吧?"

"嗯!可以说是吧。我在找今晚参加晚宴穿的衣服,其实还有下一周要穿的衣服。我正要跟你谈谈这件事呢!"

"是吗?你是想我们这个周末去买东西?"我满怀希望地问。

"不完全是这样,宝贝。你不如去准备行李吧,我们要去巴黎。"

"什么?"

"星期天晚上出发。我的主编刚刚下令,希望我去报道打折季现象。"

"这不是开玩笑吧?"

"恐怕不是。"

"法国的'打折'有什么特别的地方?"

"他们有一条特别的法律。他们一年只有两次打折,每次持续6个星期。夏天是从6月最后一个星期三开始。"

"真没劲,为什么要立这个法?"

"这正是我想知道的,小绒球。"

通常,我不喜欢母亲用各种可笑的小名来称呼我,只有她才知道这是什么意思。但这次我几乎没有听见,因为这个消息太让我震惊了。换作别人,不管是谁听到这个消息都会高兴得跳起来,不是吗?可我们才刚旅行回来,妈妈就又想出发了!怎么办呢?吉娜和我每天下午都想去游泳池旁边晒太阳。我的生活绝对像地狱。我不知道有谁会喜欢不断地从这架飞机跳到另一架飞机上。你肯定也不喜欢,对吗?可这却是我母亲多年来强迫我做的事!自从她辞职不当护士转当记者以来,我们的很多时间都是在飞机上度过的,她借口说梦想周游世界。那我的梦呢?我想去巴黎吗?嗯……当然,这要看去那里干什么了。我希望他们所谓的"打折"真的值得我们走一趟。而且,我在想,这次,会有什么历险在等着我和我妈呢?

7月18日 星期一

上午7点30分

"女士们先生们,"坐了8小时的飞机后,机长的声音响了起来,"半个小时后,我们的飞机将降落在戴高乐机场。现在是巴黎时间上午7点30分,天气晴朗,地面气温32摄氏度。"

"32摄氏度,可能吗,妈妈?"

"我感到很意外。通常,巴黎是不热的。丫头,我们好像来得正巧,刚好碰上酷暑。"

"热我倒不怕,我喜欢热,这样甚至可以把自己晒黑一点,你不相信吗?"

"好吧,我们等着瞧吧!"

上午8点30分

各种手续一完成,我们便出了机场。天气极好,比预想的还要好!但天也确实太热了,让人不住流汗……我感到自己的脑门和后背都流汗了。老妈开始找出租车。这时,我才想起住宿问题。

"妈,我们住哪里?那里有游泳池吗?"

〔她肯定在豪华酒店订了房间。毫无疑问,我在那里随时都能遇到名人,太让人激动了!也许会遇到凯文·巴齐内特(Kevin Bazinet)①,或者看到玛丽-马伊(Marie-Mai)②正在买东西,甚至遇到科迪·辛普森(Cody Simpson)③或泰勒·斯威夫特(Taylor Swift)④呢!嘿嘿嘿!〕

"啊,我没有告诉过你吗?吉内特的新男友多米尼克把他在这里的落脚处借我们住了。"

---

① 凯文·巴齐内特(1991—),加拿大摇滚歌手。
② 玛丽-马伊(1984—),来自加拿大魁北克的法语流行音乐和摇滚乐女歌手。
③ 科迪·辛普森(1997—),澳大利亚流行歌手。
④ 泰勒·斯威夫特(1989—),美国流行音乐、乡村音乐创作型女歌手,音乐制作人、演员、慈善家。

"什么叫落脚处?"

"那是他为自己在巴黎小住而保留的一个小套间,在第20区,就在拉雪兹神父公墓(Père Lachaise Cemelery)旁边。"

"啊,真的吗?"

我不知道该怎么回答。靠近公墓的一个小套间?这次,老妈比以前有"进步"。真的!好可怕……

上午9点45分

我们坐出租车来到雷翁·福洛(Léon Frot)路47号。就在我们即将居住的那栋楼对面,有一家叫作梅拉克的小饭店。

"我们要到饭店去拿钥匙。"老妈对我说。

"什么?为什么?"

"多米尼克让我到那里去取钥匙。他信誓旦旦地对我说,饭店老板很和气,多米尼克不在的时候替他照看房子。他还说,如果我们碰到什么问题,他们一定会帮助我们的。这挺好的,不是吗?"

（老妈现在也像法国人一样说话了，不再说"酷"，而是说"挺好"了。）

"碰到什么样的问题？"

"我不知道。如果我们需要打听什么情况，或者说水管坏了……不过，这类事很少发生，但谁知道呢？走吧，我们进去。"

由于还不到10点钟，小饭店还没开门，但有个男孩正在露台上为午餐做准备。那是个瘦高个儿，皮肤黝黑，头发"趴"在一边。他应该十四五岁，穿着合身的牛仔裤、白衬衣，衣袖卷在臂肘处，系着一条黑围裙。他很英俊，我不知道该如何来形容！至于我，我刚刚下飞机，头发乱蓬蓬的，身上肯定有股味道，穿着一条松垮的运动裤和一件加大号的T恤衫（这种穿着在飞机上太舒服了！）。惨了！也许我试图朝他微笑了……总之，他露出了灿烂的笑容。（我想我还是躲到老妈身后去吧！）

"您好！我们中午才开门。我能帮您什么忙吗？"

"您好！我叫玛丽安娜·贝鲁贝。住在对面楼上的多米尼克·阿鲁埃把他的套间借我们住一个星期，他让我们到这里来拿钥匙。"

"啊,我跟多米尼克很熟,可我不知道我们这里有他的钥匙。我去问问老板。"

说着,他转身朝大堂里喊:

"喂,罗杰舅舅!多米尼克·阿鲁埃让一位女士来找你!"

一个男人从柜台后站起身来,额头光亮,长着浓密的小胡子。他也露出灿烂的笑容。

"亲爱的女士,我能为您做些什么?"

"我来拿多米尼克房子的钥匙。我是玛丽安娜·贝鲁贝。"

"谁告诉您我会把房子钥匙交给您的?您是从哪儿来的?"

"我从机场来的呀!"老妈一头雾水,"多米尼克应该写信告诉过您他把房子借给我了,不是吗?"

"没有啊,夫人。"那个健壮的男子回答说,一脸严肃的样子。"您是加拿大人?"

"是的。"

"从魁北克来?"

"是的。"

老妈的回答几乎听不见,她失望成那个样子,我看了也很可怜她。可怜的老妈,出师不利……

"从您的口音可以听得出来。我很喜欢加拿大人。这小女孩是您女儿吗?"

"是的,我给您介绍,朱丽叶。"

"哎,别这么一副不高兴的样子嘛,你们好像要哭了似的。我可见不得女人哭。"

"您能不能检查一下最近的电子邮件?"老妈很坚持。

老板困惑地挠挠脑门,说:

"我呀,互联网上的那些东西,我一概不懂,通常都是我太太来处理。我先帮你们开门,然后再来检查我的E-mails或者你们刚才说的courriels①。不管怎么样,我总不能让一对母女流落街头吧!这样行吗?好了,别生气了,会解决的,不是什么大不了的事。"

老妈的脸上露出了笑容。

"谢谢您对我的信任,先生。"

我最后也觉得罗杰舅舅挺友好的。他转身对刚

---

① courriel(法语)和E-mail(英语)都是指电子邮件,魁北克人更常用 courriel。

才接待我们的男孩说:

"阿尔蒂尔,能帮我一下吗?我们陪这两位可爱的女士去多米尼克家。"

哦,他的外甥叫阿尔蒂尔……

上午10点

多米尼克的家在二楼,所以我们要爬上10来个台阶。幸运得很,我们不用自己提箱子。我的心跳得有点厉害,我想老妈也同样。我们下星期的住处会是什么样子的呢?

嗒!我们到了。真没想到,一眼看去,套间非常明亮,既干净又舒适;小厨房设备齐全;客厅宽敞,窗户很大,外面热闹的街道看得清清楚楚;还有一个小小的浴室……没有浴缸,但有非常现代化的淋浴设备。红与黑的装饰非常漂亮。房间只有一个,我把门打开的时候,失望地叹了一声。只有一张床……天哪!谁13岁了还跟老妈睡在一起?总之,我不干。

好像没有什么事情是十全十美的!

梅拉克饭店的老板带我们在套间里转了一圈，又把无线网络的密码告诉了我们，然后递给我们房子的钥匙，准备和他外甥一起离开。

"如果你们需要什么东西，尽管来找我们好了。我联系上多米尼克后就来找你们。在这之前，两位可爱的女士，祝你们在巴黎生活愉快！"

"谢谢，先生。您真是个绅士。"老妈恭维他说。

我呢，一直没有说话，想让人把我忘了，但那个男孩仍然向我道别：

"再见，小姐，我期待再次见到您。再见，夫人。"

他竟然叫我"小姐"！我的脸红得像个番茄。房子里热得要命！这么说，这栋楼里没有空调？

上午10点15分

好了，我们到家了！或者说，差不多跟在家里一样……老妈把所有的柜子打开又关上，检查每一个角落。

"很不错呢，我的小猫咪。"她结束了小小的调查之后这样说，"赶快把我们的东西都挂在衣柜里，然后去周围转转。为了克服时差,千万不能坐下或躺下,否则,没到晚上我们就会睡着。你饿吗?"

"嗯,饿。"

"最好还是去吃点东西。"

"我们不如就到对面那家小饭馆去吃。"我满怀希望地建议。

"下次吧,小宝贝。快去换衣服!"

"好——吧。"

我成了一个试衣女孩。可以肯定的是,我巴不得脱掉运动裤和宽大的T恤衫,然后穿上超短牛仔裤和印花棉布外套。但愿早一点去逛街!说到底,我们到这里来不就是为了参观巴黎的吗?

上午10点30分

在雷翁·福洛路,我扭头四下环顾。这跟加拿大太不一样了:建筑、商店、橱窗全都不一样。我欣喜若狂!

"哎,老妈,埃菲尔铁塔(la Tour Effel)在哪儿?"

"小乖乖,在第7区。"

"离这里远吗?"

"挺远的,去那儿要坐地铁。"

"我还以为铁塔那么高,在巴黎的任何地方都能看得见呢!"

"天哪,宝贝,你怎么会这么想呢?它又不是富士山。要看铁塔,最好的位置是特罗卡德罗(Trocadéro)广场和战神广场(le Champ-de-Mars),这两个广场就在铁塔旁边。如果你想看,我明天带你去。"

"为什么不现在去呢?"

"因为现在时间不够。小乖乖,耐心点。"

她老是用这种小名叫我,真可气!

上午10点45分

我们走进就在住处旁边的一家面包店。

"你们好,女士们。"一个女店员过来招呼我们。

"您好,夫人。有仰角面包吗?"老妈问,"我想要四个。"

"仰角面包?没有。"女店员说,"但我们有羊角面包。"

"啊,我说的就是这个。"老妈说,"四个羊角面包。"

"可您刚才说的是'仰角面包'。"女店员很固执。"您是魁北克来的,是吗?"

我惊讶得瞪大眼睛。这个女店员,她说的"仰角面包"是怎么回事?她是疯了还是怎么的?她不懂法语吗?总之,她不是很有礼貌。

"是的。"老妈耐心地说,"我还想买一条长棍面报。"

"Do you want something else?(您还要点别的吗?)"

"怎么?"老妈惊讶得脱口而出,"我讲法语,而不是英语。"

"鉴于您的口音,也许还不如讲英语,"女店员放肆地嘲讽道,"您要知道,您说的话不容易听懂。您咬字应该更清楚一点。这是您的'仰角面包'和'长棍面报'。一共是5.4欧元。您明白我说的话吗?"

老妈火了,咬牙切齿地递过去一张10欧元的纸币，然后拿回对方找给她的零钱，立即离开了面包店，没有说"谢谢"，也没有说"再见"，我不得不小跑才跟得上她。

"天哪，那个女店员，真是十足的悍妇！"老妈抱怨道。

"刚才是怎么回事？我不确定我都弄懂了。那个'面报'是怎么回事？"

"亲爱的，欢迎来到巴黎。扣好你的帽子，因为我们会不断地听到针对我们口音的评论。"

"……"

显然，出门第一件事就让人沮丧。我还以为在巴黎会比在别的地方更顺利呢！因为我们都是讲法语的呀！我现在不那么肯定了……

上午11点30分

我们在一个叫作快捷家乐福（Carrefour Express）的小超市里买了东西，没有碰到什么麻烦。然后，我们回到住处放好买来的食品，吃了点东西。冰箱里塞满了诱人的奶制品：焦糖奶冻、小杯的焦糖奶油,还有各种水果味酸奶。这些水果的名字像焦糖一样具有异国情调:荔枝、仙人果、罗汉果。真让人流口水!老妈说,在这里买东西真是一种乐趣,因为商品太丰富了。

幸亏她也找到了意大利面和用来调制肉酱的材料……在这之前,我们已经买了几份预制好的金枪鱼三明治和色拉。我们三口两口就解决了午餐,老妈建议到拉雪兹神父公墓去转转。

"就在旁边,那儿的树荫底下应该不会太热。"

"你是不是觉得我无所事事?"我警觉地问,"这真的是你想带我去参观的第一个地方吗?"

"小宝贝,这是这座城市的主要旅游景点之一。阿美迪欧·莫蒂里安尼(Amedeo Modiglinani)[1]和他的伴侣珍·埃布泰尔纳(Jeanne Hébuterne)的墓地好像就在那里,莫里哀(Molière)[2]、埃迪

---

[1] 阿美迪欧·莫蒂里安尼(1884—1920),意大利表现主义画家与雕塑家,犹太人,早逝的天才,只活了35岁。他的太太在他死后两天也跳楼自杀,肚子里怀着即将足月的胎儿。

[2] 莫里哀(1622—1673),法国17世纪古典主义文学重要作家,古典主义喜剧的奠基人,在欧洲戏剧史上占有十分重要的地位,代表作有《无病呻吟》《伪君子》《吝啬鬼》等。

特·皮娅芙（Édith Piaf）①、吉姆·莫里森（Jim Morrison）②的墓地也在那里——吉姆可是我小时候的偶像之一。"

（这个地方是游览景点？这些人，你们知道他们中的任何一个吗？我一个都不知道。）

"你说的吉姆·莫里森，他是什么人？是一个画家？还是作家？"

"那是你外婆那个年代美国最出名的摇滚歌星之一，她让我给她带一张他的坟墓的照片。"

"哦？你是说，你跟外婆曾经是摇滚歌星的歌迷？我可不相信。"

"事实就是如此。我也有过16岁。你外婆也一样。吉姆·莫里森的那个乐队叫'大门（The Doors）'。很可惜我一直没有找到机会去听他们的演唱会。大家都说他是一个'被诅咒的诗人'，有

---

① 埃迪特·皮娅芙(1915—1963)，法国传奇女歌手，法国人亲切地称她为"小云雀"。她去世后，法国为她举行了国葬，使其成为国家的标志性人物。她最著名的歌曲为《玫瑰人生》。
② 吉姆·莫里森(1943—1971)，美国诗人、艺术家、偶像、音乐家、摇滚歌星，1971年在巴黎住处的浴缸中死亡。其乐队"大门"是20世纪60年代最有影响力的乐队之一。

点像夏尔·波德莱尔（Charles Beaudelaire）①。他死在了巴黎，死得莫名其妙，但很快就成了摇滚史上的一个神话。他是在我出生那年去世的。"

"真的？"

我很惊讶。老妈就有这个本领，总是能让我吃惊。我很难想象她也曾经是一个追星族，迷恋过一个摇滚乐队。至于外婆，只要想到她也曾是个粉丝，我就忍不住想笑。

不管怎么说，那个墓地也许还是值得一看……

中午12点15分

拉雪兹神父公墓（这个名字还是有点古怪的）离我们的住处步行6分钟左右，它位于洛凯特（Roquette）路的尽头，在与雷翁·福洛路交会处。老妈说，那是世界上最著名的公墓之一。谁会相信这种地方也会成为著名景点呢？

---

① 夏尔·波德莱尔（1821—1867），法国现代派诗人，象征派诗歌先驱，生活潦倒，精神消沉，代表作为《恶之花》。

总之，公墓很大，里面确实栽种了很多大树，有点像亚伯拉罕平原①，你明白吗？但这里有很多墓碑、建筑和陵墓。由于担心迷路，我们要了一张公墓的地图，在门口接待处就可以拿，名人的墓地位置按字母顺序标在上面。啊，里面有那么多人啊！老妈低着头查阅地图，表情十分严肃，努力在找什么东西。

"妈，需要帮忙吗？"

"嗯……地图上标明吉姆·莫里森的墓应该就在那里，"她指着地图下方的第6区说，"至于莫蒂里安尼，他在另一头，第96区。由于每个区都有几十个墓，在我看来，要找到它们并不那么容易。"

我也想了解公墓的情况，所以也扫了一眼地图。公墓分成96个区，真像一个小城市，布满了……死者。老妈说得对，如果一定要找到大门乐队那位歌星的坟墓，那可要费一大番周折了。这里的坟墓起码有上千座！最好还是做自己有把握的事情！

"跟我来！我们从左边往北走。"我说。

---

① 亚伯拉罕平原，位于加拿大魁北克城外。1759年，法国人与印第安人曾在那里发生战争，改变了加拿大往后的发展。

7月18日星期一

"你肯定吗?"

"相信我。"

"好吧。"

我并不是真的心里有数,但我们很快就来到一个牌子前,上面表明我们已经来到第6区。耶!剩下的事就是寻找那个墓了。但现在我们糊涂了,因为墓上面没有号码。那个著名的坟墓会在什么地方呢?太让人摸不着头脑了……在字迹不清的墓碑当中,有的坟墓已经破了个洞,我想,夜幕降临之后,会不会有幽灵从里面出来,徘徊在墓地?太可怕了……一想到这,我就吓得发抖。哦,不!我可不敢往里面看。别指望我!

突然,我看见一个铁围栏前有一群人。会不会是那个被诅咒的歌手的粉丝?我走近墓碑,看着上面所刻的文字:

吉姆·道格拉斯·莫里森,1943—1971

"妈妈,我找到你的那个歌手了!"

"真的吗,宝贝?啊,我太高兴了!"

我的小妈妈,她的反应太滑稽了!我不明白,看到这个已故音乐家的坟墓有什么好高兴的……

不过，我们要使劲挤过去才能靠近围栏。那个墓前面放满了鲜花，用铁栅栏围了起来。据我母亲说，那是整个公墓中参观人数最多、鲜花最多的坟墓。我已经发现了！大部分参观者都非常激动，包括我母亲。

"如果我死在这里，你觉得我可以让人把我和吉姆·莫里森葬在一起吗？"她这样问我。

"可是，妈妈，你清醒清醒！你这样不行的！"

成年人都是疯子！而且，他们总是对年轻人的行为表示愤怒！

下午3点15分

我们在这个公墓里走了3个小时，痛苦地寻找那些找不到的坟墓，努力辨认看不清的地图。我渴死了，而且双脚也走得很疼。天太热了。我再也走不动了！在这儿又不可能找到游泳池……我受够了！我们已经看过画家阿美迪欧·莫蒂里安尼、歌星埃迪特·皮娅芙的坟墓，但怎么也找不到莫里哀和科莱特（Sidonie Gabrielle Colette，好像是20世纪初的一

7月18日星期一

位女作家)的坟墓。

"妈妈,你坟墓看够了吧?我现在很想回去。"

"啊,不,我们现在是在巴黎,不能这么早就回去。"

"可我又渴又累。"我都快哭了。

"家里可能跟这里一样热。你想去'老佛爷(Galeries Lafayette)'吗?"

"那是什么?博物馆?"

(我提防她再让我去参观那些不好看的地方。)

"不,那是一个购物中心。那里肯定有空调。"

"好啊!好主意!"

(我得承认,老妈有时候还是有天才主张的!)

下午3点30分

在巴黎逛街,没有比坐地铁更方便的了。我喜欢坐地铁。在拉雪兹神父站,我们走到地下,坐13号线,前往歌剧院站,在那里回到地面。有点像小孩子玩游戏。

从地铁出来后,没有看到任何购物中心的影

朱丽叶游巴黎

子,但我们面前矗立着一座漂亮的廊柱大楼。楼顶竖立着金色的雕像,中间是一个巨大的铜制圆顶,灰蓝色的,就像魁北克城的丰特纳城堡①。哇!我从来没有见过这么漂亮的建筑。奇怪的是,我却觉得似曾相识……我们走近那个建筑,想好好欣赏。

"妈,我见过这栋建筑吗?"

"也许是在电影里?这是巴黎国家歌剧院(Opéra national de Paris),巴黎一个充满神秘感的地方,诞生过许多著名的演员、歌剧演唱家和芭蕾舞演员。传说有幽灵住在里面。"

老妈一副神秘的样子,这引起了我的好奇和想象。

"一个幽灵?那是怎么回事?"

"这个故事来源于1910年出版的一本小说。作者受一个真实的故事启发,一则当时在社会上引起很大轰动的新闻。"

"哦,是吗?故事怎么说?"

"19世纪70年代,一个年轻的钢琴家,名叫欧内斯特,疯狂地爱上了音乐学院的一个女舞蹈演

---

① 丰特纳城堡,魁北克市的古城堡。

员，两人打算结婚。一天，欧内斯特正在作曲，打算在他们的婚礼上演奏。突然，音乐学院大楼起火了。大火烧死了许多人，其中包括那个漂亮的女芭蕾舞演员。欧内斯特为了救出他的未婚妻，好像被烧得面目全非。可怜的小伙子！这太残忍了，不是吗？欧内斯特既伤心又羞耻，于是便消失了。据说他就藏在歌剧院的地底下，当时，歌剧院还在施工中。"

"地底下？7月14日法国国庆时，我好像在吉娜家里看过一部电影，讲的就是这个故事。"

"这太有可能了。小说出版之后，人们又根据这个故事拍摄了许多电影。传说这个年轻的音乐家在歌剧院地下的什么地方生活了几年之后，孤独地死去，被人遗忘了。但小说讲的主要还是大火之后，歌剧院里发生的怪事。"

"什么样的事情？"

"比如，人们信誓旦旦地说，那地方遭到了诅咒，因为它是巴黎所建的第13个演出大厅。"

"啊，是吗？"

"1896年，13号座位上的观众被头顶上掉下来的枝形水晶灯砸死了。"

"啊呀！"

"而且，在同一时期，一个管机器的工人也被发现莫名其妙地吊死了，还有一个女舞蹈演员从楼座的第13个台阶上掉下来摔死了。"

"啊，真的像电影里的情节。"

"是的。人们把这一系列不幸归罪于那个'歌剧院幽灵'。这种说法一直持续到现在。"

"哇，我被吓得浑身发抖。可歌剧院下面真的有地下通道吗？"

"宝贝，不但巴黎国家歌剧院下面有，整个巴黎下面都有。巴黎真的有一个地下城，不单有地铁和下水道，而且有几百个地下室，由隧道连接。"

"真的吗？"

"绝对是真的。"

我很想去看看。

下午3点50分

天好像要变黑了，说不定要下暴雨。啊呀……

7月18日星期一

下午4点

我们来到了奥斯曼大街（Haussmann）上的老佛爷商场。它就在歌剧院旁边，昂坦大街（Chaussée d'Antin）和奥斯曼大街的交会处。

"这是一家大商场，有点像纽约的梅西百货商场（Macy's）的风格，是吗？"我看见橱窗里贴满了传统的大海报，都是打折销售的消息，上面写着：

大减价……最低3折

（这下可以解决我和老妈的所有着装问题了。）

"是的，但这可不是普通的大商场，它也是一个富有传奇色彩的地方，聚集了许多奢侈品商店。世界上最著名的明星都来这里购物。主楼富丽堂皇，那种美是别的任何一家商店都无法媲美的。来，我们进去吧！你得去看看玻璃圆顶和阳台。"

"圆顶，阳台？这是一家商场还是一家歌剧院？"

哇！哇！这个大商场起码有8层，里面漂亮得让人喘不过气来。站在主楼的中心，仿佛置身于一个大舞厅里，这场"演出"最精彩的部分就是巨大的

老佛爷商场

玻璃圆顶的内壁。我仰望着圆顶，眼花缭乱。天顶华光闪闪，三层阳台精雕细刻，金碧辉煌，装饰着花卉图案，给整个商场增添了无限光彩。这是一个真正的童话中的城堡。我和老妈面对如此辉煌的景致，吃惊地张大了嘴。

"毫无疑问，我们确实是在巴黎。"老妈总结道。

下午4点15分

我们一低下头，把视线收回来，马上就被展台和海报吸引了，折扣力度很大啊！空调奇迹般地让我们恢复了精力。这可不是一个笑话，一来到这个地方，我们母女俩就完全失去了理智。如果我告诉你，最初位于老佛爷路1号的这家商场如今已有好几栋营业楼，加起来差不多有半公里长，你相信吗？

老佛爷商场的高明之处，是在同一个屋顶下陈列着不同品牌的各类产品：服装、鞋子、高级手袋、珠宝、高档香水和美容化妆品。这里根本找不到平价的丝绸围巾，最便宜的也要100欧元。减价，这是所有普通女性的梦想。我和老妈爬了一层又一层，试了10来套衣服和10来双鞋子，高兴得像两个小疯子。这一点也不夸张。

晚上6点30分

"啊，"老妈靠在自动扶梯的扶手上，脚上穿着一双新鞋，两手各拿着一个装满漂亮东西的大袋子，叹息道，"大学毕业以后，我就没有这样疯狂购物过了。"

"天哪，那是几百年前的事了！"

"哎，朱丽叶，别这么夸张！"

"不管怎么说，起码要追溯到20世纪90年代了吧？"

"没错，也没有太久，就是20世纪90年代。"

"你说得倒轻巧，那毕竟是在上个世纪。那个时候，我和我的朋友们都还没有出生。"

我也一样，要提很多袋子。出门前，老妈给了我100欧元。由于我很富有，我便给自己买了一双橙色花边的草底帆布鞋、一件印着迷幻彩色花点的T恤衫、一条夏天穿的露背小连衣裙和一支唇膏。我还有新拖鞋、一件粉色的长袖羊毛开衫和一条印度棉的短裙,那是老妈给我的礼物。老妈有时真的很好,她是个金不换。

自动扶梯把我们送到商场的最高层,屋顶好像有个平台,还有一家餐厅,我们又饿又渴。但到了餐厅,让我们惊叹的首先是巴黎的景色。太不可思议了!刚才的乌云已经消失,天又晴了。我睁大眼睛,欣赏着雕刻着图像的檐口、圆顶、大钟和安放在屋顶上的部分雕像。简直像在做梦!哇!

"朱丽叶,你认出那边的歌剧院了吗?"

"看到了,就在那儿。"我用手指着,自豪地说。

"再过去一点,有个长条形建筑,很像一块大彩绘玻璃窗的东西,你看见了吗?"

"看见了。"

"那就是大皇宫(le Grand Palais),一栋新艺术风格的建筑,是1900年为万国博览会而建的。"

"啊!皇宫里面有什么?"

"有很多美术作品展。"

"嗯……(如果是个博物馆,那还是算了吧……)啊!妈妈,不如看那边!我看见埃菲尔铁塔了。"

"啊，真的是埃菲尔铁塔。你高兴吗？左边，稍远一点的地方，那是……"

"哎，妈妈，我们能在餐厅里找个地方坐下来，吃点东西吗？我很高兴听你说，真的，但毕竟有点累。"

我觉得老妈有时就像一部活的百科全书。跟她一起旅行，可能会激动人心，但也可能很扫兴，这要看我的心情了。问题是，我常常必须给她泼冷水，因为她不知道如何停住话头。

"当然可以，宝贝。你饿了？"

"我渴死了。"

尽管角落里有一家餐厅，但那个大露台谁都可以去。到处都有椅子和椭圆形双人沙发，它们在等待想到这里来小憩的访客。在这里瞭望全城，歇一歇，完全值得。但我现在只想着一件事：坐下来，喝点东西。

"这个露台和埃菲尔铁塔一样，是俯瞰全城最理想的地方之一，"老妈告诉我，"而且分文不收。你先在这里坐下，休息一会儿。我到酒吧去买点喝的，再看看菜单上有什么吃的。"

晚上6点45分

老妈回来的时候,手里端着一杯橙汁和一杯水,神色沮丧。

"哎,老妈,你怎么了?"

"宝贝,我想我们还是回去吃吧!"

"为什么?"

"你知道这杯橙汁要多少钱吗?"

"3欧元?"(要4.25加元[1],太贵了!)

"宝贝,要6欧元,差不多要9加元[2]。那里有个喷泉,我装了一杯水。"

"好吧,我明白了。那咱们回去吧!"

我匆匆喝完了橙汁。这么贵的橙汁,最后杯底也没有喝出金子来,这让我感到很惊讶……

---

[1] 折合人民币20多元。
[2] 折合人民币约50元。

7月19日星期二

上午9点

我从香甜的睡梦中慢慢地醒来。是马路上的噪声把我吵醒的,至少我是这样认为的。要不就是老妈打电话的声音……我竖起耳朵。

"不,我不是说风,我说的不是天气。我是说我想跟你们的销售经理说话①。是的,是这样,'销售',是吗?怎么,我发音不准?什么口音?夫人,我的口音跟您不是一样吗?请原谅我这样说。"

我笑了,可怜的老妈!那些法国人,他们在为难她。

---

① 法语中"风(vent)"与"销售(vente)"发音相似。加拿大法语与法国法语在发音方面有差异,故有此误会。

7月19日星期二

"啊,您好,夫人。我叫玛丽安娜·贝鲁贝。我是个记者,我想跟您见个面,谈谈老佛爷商场的打折现象。是这样,对,今天。下午?没问题。嗯,我的意思是说'当然可以'。我下午2点准时到。谢谢您,夫人。是这样,再见!"

挂上电话后,老妈过来看我是否醒了。

"嘿,宝贝,睡得好吗?"

"睡得很好。你呢?"

"我凌晨3点左右醒了,再也无法睡着。都是时差惹的祸。"

"哎,你在跟谁打电话?"

"老佛爷商场的销售经理。今天下午我跟她有个约会,我要写一篇报道。"

"那我干什么?"

"你跟着我就完了。"

"可你采访时我会烦闷死的。"

"你可以在露台上等我,或者去玩具柜台看看。昨天下午我们没时间去看。"

"嗯,你说得对。好吧,我跟你去。但我可不愿意整个星期都像一只可以放在口袋里的小狗一样跟着你。"

"那你有什么建议,宝贝?"

"我不知道,我也许可以待在家里。"

"迟点再说吧!今天上午你想干什么?"

"你答应带我去看埃菲尔铁塔的,不是吗?"

"我说话算话。去吧,穿好衣服,赶快吃早餐,我看看我们坐地铁怎样才能到那里。"

上午10点

走出大楼时,我伸长脖子,想看看阿尔蒂尔是否在马路对面。他在。一看到他,我就像小女孩一样脸红了。这种青春期的潮红,太可怕了。你们觉得别人会认为我脸红是太阳晒的吗?总之,我觉得这比脸上长青春痘好多了……而且,热浪滚滚,大家都满脸是汗,脸上红扑扑的。这样一想,我也就坦然了。我轻轻地向他挥挥手,跟他打招呼。他开心地朝我笑笑,作为还礼。

天哪,他笑的时候多好看啊!

我们走了两个路口,在夏洛纳(Charonne)地铁站上了9号线。手里必须拿着票过闸机才能通过检票口。老妈在地铁站门口的"咨询处"窗口买了10张票。早上,地铁里人满为患。我们在特罗卡德罗公园的那个站下了车。刚走到地面,我就已经非常激动了。终于看到它了!哇!天哪!我不敢相信自己站在这里。著名的埃菲尔铁塔,全世界最著名的铁塔就在这儿,在很近的地方。它差点要碰到天空了。啊!我太开心了。要是我的伙伴们看到我在这里那该多好啊!我多么希望吉诺和吉娜也在这里和我一起欣赏铁塔。总之,里莱特姐妹(那是我们的仇敌,我和我最好的朋友的敌人)如果知道一定会气疯的。

"这座塔是古斯塔夫·埃菲尔(Gustave Eiffel)和他的合作者的作品,是为1889年巴黎的万国博览会而建的。"老妈介绍说,"它整个都是用钢铁做的。"

"太了不起了。我们可以走近去看吗?"

"当然可以,宝贝。"

我们沿着一条大道来到铁塔前的一个大广场。

"妈妈,它有多高啊?"

"如果算上塔顶的天线,它有324米高。落成之后,它一度是世界上最高的建筑,直到41年后的1930

埃菲尔铁塔

年,才被纽约的克莱斯勒大厦(Chrysler Building)[①]超越。明白了?"

"哇!"

如果说,昨天在拉雪兹神父公墓没有遇到任何名人(我是说仍然在世的名人),今天在这里遇到名人的机会肯定要多得多。我四处张望,看着周围,就像昨天上午老妈检查多米尼克家的壁橱一样仔细。

嗯……

真不走运,我一个名人都没有看到。

"埃菲尔铁塔现在是巴黎的象征,"老妈接着说,"可你要知道,当年兴建时,大家的意见很不统一。"

"怎么回事?"

"很多人认为它太难看了,以至于1909年差点把它拆掉。"

"为什么?我觉得它挺好看的呀!"

[①] 克莱斯勒大厦,1926年应克莱斯勒汽车制造公司的创建者沃尔特·P. 克莱斯勒的委托而建,坐落在纽约市中心。

"你知道,人们都说,品位这东西是说不清的。你想上塔顶吗?"

"啊,想!"

上午10点30分

在铁塔的入口,有许多人在排队,队伍很长很长。

"宝贝,周围一点树荫都没有。你真的想登顶吗?这么多人,我们起码要排一个半小时的队。"

"可是,妈妈,我们到巴黎不就是来看铁塔的吗?"

"如果你愿意,宝贝,我愿意陪你。"

那就排队吧!

上午11点

还在排队。

上午11点30分

还在排队……

7月19日星期二

中午12点

终于轮到我们的时候,我们在售票窗口大吃了一惊。售票员说,要到达第三层的塔顶,我们必须做出选择,要么徒步攀登(1665个台阶),要么坐电梯。我觉得第一个选择太缺乏理智了(尤其是天又那么热),而且又不免费;至于第二个选择,也不是不要钱:我妈要付17欧元,我要付14.5欧元。天哪!

"真是抢钱啊!"

"宝贝,这是你说的啊。但该上就得上。"

中午12点15分

好了,玻璃房的电梯开动了,铁塔终于属于我了!随着电梯慢慢地上行,我和老妈发现四周的景色真是美得不可思议。我们的视野开阔了,渐渐地,我们看清了附近的屋顶,然后是众多历史建筑。真是太棒了!哦,到了第一层,电梯突然停了,我们得下来。这是第一个观赏点。我们在离地面57米的高空，踩着玻璃地板来回走动。我不是开玩笑！真的是太特别了！在空中行走的感觉太棒了。可我还是想尽快到达顶端。

为了看到更多的东西，我们又上了电梯。这次，是到第二层，也就是说，有餐厅的那层。到了那里，我们重新走出电梯。

"妈，我们吃点东西吧？"

"嗯，宝贝，不吃了吧？我想，在这么高的地方，东西的价格一定也很高……但在这一层，景色好像更美了，因为下面的大楼看得更清楚了。"

景色确实很美。为了帮助游客辨认景点方向，塔上设立了导向牌，上面有照片和箭头，标明了最重要的建筑。很容易辨认！

要到第三层，还得再坐电梯。嗖！我们终于到了。我真的觉得自己到了天堂。尽管建筑物现在显得很小，全城的景色……很难描述。我觉得自己像一只鸟儿，那种感觉真爽。在这公众可以到达的最高一层，等待我们的有古斯塔夫·埃菲尔的办公室复制场景和许多人物蜡像。简直像真的一样！这天到目前为止过得真是太愉快了。我很高兴。

下午1点30分

正如天下没有不散的筵席，转眼下塔的时间就到了。我和老妈在塔底的快餐店匆匆吃了个三明治，然后向地铁站跑去。我完全忘了妈妈和老佛爷商场的那位女士有约……

下午2点

我们在昂坦大街-老佛爷（Chaussée d'Antin-La Fayette）地铁站下车，就在我们现在最喜欢的那个大商场对面。哦，刚好2点整。母亲要赴约的办公室在5楼。

"妈，我可以在露台上等你吗？"

"我仔细想了想，你还是跟我一起去吧，宝贝。"

"可是，妈妈，我也应该有1小时的自由支配时间吧？"

"今天这里有成百上千的人，宝贝，其中很可能有坏人，天知道会有多少'扒手'。我不放心。"

"啊?'扒手'又是什么?这跟'波利口袋'[①]有什么关系吗?"

老妈笑了。

"没有关系。扒手就是小偷,悄悄地把手伸进我们口袋或手袋里的人。"

"哦!"

"快,跟我走!"

下午2点15分

我们敲了敲一间很漂亮的办公室的门。

"我找阿盖塔依夫人。"

"您是贝鲁贝夫人?"

"是的。很高兴见到您。"

老妈向对方伸出手,对方却假装没有看到。

"夫人,您迟到了。我的时间很宝贵。"

[①] "波利口袋",又名"八宝盒",古董玩具,经典款式为一个个形状、大小和颜色各异的盒子,打开后有各式各样的场景,里面配有小人儿,孩子们可以发挥他们丰富的想象力虚构一个个故事。其英文名称Polly Pocket和法文单词pickpocket(小偷,扒手)发音相近。

那位女士的声音很刺耳,看起来也不太友好……她用下巴指了指我:

"这是您女儿?"

"是的,我向您介绍一下,她叫朱丽叶。请原谅我们迟到,我们刚才……"

"没关系。这样,叫您女儿去露台上等,好吗?"

"可是……"

"我没有在办公室接待孩子的习惯。公司的纪律也不允许。"

"我……"

"请照办,夫人。我刚才说了,我的时间很宝贵。"

"朱丽叶,到露台上等我。我半小时以后去找你。"

"太好了!"(可那女人怎么那么横?她为什么说我是"孩子"?我很快就要14岁了,不是4岁!哼!)

下午2点30分

在商场的顶楼,我觉得自己就像一个公主,独自站在塔顶。我把自己想象成迪士尼动画片中的长发公主,看着远方……我想起了朋友们。巴黎确实很漂亮,我能来这里真是太幸运了,但如果我的好朋友们也能跟我一起来这里,那就更好了。我在想他们现在在干什么。现在是下午2点30分,而在魁北克和阿根廷,现在是……(魁北克)上午8点30分。哦!我的伙伴们肯定还在睡觉(时差真是件怪事……)。

露台上很安静,没什么人。我靠在栏杆上,看着下面人头攒动的马路。一个街头乐手正在用手风琴演奏一支忧郁的乐曲。但时间一久,我最终还是有点厌烦了。我今天要去看点别的东西。而且,露台上热得要命。说起时差,我突然产生了睡意。我要坐一会儿。

下午3点30分

"啊,你在这儿,宝贝!怎么样,没事吧?"

哦,我打了个盹,我想。(但愿我睡着的时候没有张大嘴,让苍蝇趁机而入。)我没有看到老妈来了。我发现自己正从座位上滑下来,便连忙站起来，想装出很清醒的样子。

"我很好,这里没有任何绑匪。你呢,谈得怎么样?"

"那个女人不是太配合,但我还是了解到了写文章需要的信息,这是最重要的。不过,我觉得也许还要再采访几个人。要想对这种现象有个全面的了解,恐怕还要再考察几家商店。说起促销,我们昨天并没有去所有的楼层。我很想去卖服装的楼层转转,你去吗?"

"可是,妈妈,别再那么疯狂购物了。我们刚到你就不停地买东西,我们还要在这里待好多天呢。有的是时间!"

太阳从西边出来了还是怎么了?通常是她教训我,是她指责我想让她破产。

"嗯,你说得对。那你想干什么?去卢浮宫博物馆(Musée du Louvre)看《蒙娜丽莎》(*Mona Lisa*)?"

唉,这不是我真正想看的,但我知道这是不得不看的东西。我其实也没有什么选择,最后只好答应……

"我们可不可以明天再去？我现在想睡觉。"

"可现在还早得很，宝贝。我们今晚整个晚上都没事干。"

"那我们就慢慢地回家吧，睡个午觉，晚些时候就在附近吃晚饭。哎，为什么不到梅拉克饭店去吃呢？"

"这个主意不错。"

太好了。耶！

下午3点50分

回家的时候，我们从昂坦大街-老佛爷站搭地铁直到夏洛纳站。就在要出站的时候，我把用过的地铁票扔到上行的扶手电梯脚下的垃圾桶里，它已经没用了。谁知在扶手电梯上方，三个穿制服、腰间插着棍子的女性挡住了人们的去路。她们一副严厉的样子，检查每个出站的乘客。我和老妈一点都不担心，我们没做错什么事。

"请出示你们的车票！"

老妈拿出票，递给检查员。由于我刚刚扔了车票，我便耸耸肩，说：

"对不起,我刚刚把票扔了。"

"这么说,你没有票,是吗?"

"嗯,有。不,没有。我有过,但我刚才扔了。"我转身指着扶手电梯下方的垃圾桶,解释道,然后想转身去取。

我正准备回头,那个女检票员粗鲁地一把抓住我的前臂,拉住我:

"小姑娘,站在这里别动。你必须缴罚款。"

老妈当然不干了:

"请放开我女儿。为什么要缴罚款?女士,我的确买了两张票。我们昨天到巴黎时我就买了10张票,我现在还剩很多。您看!"

老妈从钱包里拿出那沓车票,接着说:

"我甚至还有发票,您看!"

她底气十足地在检查员的鼻子底下扬了扬一张纸。

"夫人,这不能证明什么。您知道我们每天会遇到多少作弊者吗?许多人从来不过机,还装无辜。"

唉!那位女士不该这么说的。老妈一听这话就炸了。

"什么?'装无辜'?我已经说了,我们买了票过了机。别说了,让我女儿回去从垃圾桶里把票捡回来。真是莫名其妙!"

"夫人,要么您女儿马上付178欧元的罚款,要么你们俩跟我们走!您把事情搞大了。"

"罚178欧元?开玩笑!还要带走我们?您疯了吗?"

啊,我觉得我亲爱的老妈不应该这么冲动……

"米榭勒,报警!"女检查员命令她的同事,"我们跟这个女人发生了纠纷。"

就在这时,老妈冷静下来,突然改变了语气。幸亏!

"是这样,我们是从加拿大到这里来度假的游客,不是骗子。我们坐地铁从来都买票,不管是到什么地方。我们买了10张票,我刚才给您看过了。除了剩下的票,我还有发票,写着昨天的日期。您看得很清楚,少了几张票,也就是说,24小时内,我们已经用了好几张票。我们刚才进站时过了机,可我的女儿,她才12岁(什么?我没听错吧?她说我才12岁,而不是13岁,可我马上就要14岁了!),不知道要把票保留到出站。再说,告示在哪里呢？您能告诉我吗？很抱歉，无论是在进站口还是出站口，我都看不到告示。好了，我已经道歉了。大度点吧！我们喜欢巴黎和巴黎人。"

老妈朝她笑了笑，但没有用。那个女检查员并没有放我们走的意思，她向另外两个已经在检查其他不幸者的同事转过身去。

趁那个女魔头不注意，我迅速跑到扶手电梯下方，从垃圾桶里把我扔掉的那张地铁票捡了回来，然后飞快地跑上来，走到仍然不懈地要为难老妈的那个女魔头身边。

"行了！你用不着告诉我该怎么做。你们缴不缴罚款？我的耐心已经到了极限。你们要么缴罚款，要么跟我走。"

"你们不能带走一个游客和她的女儿。这太荒唐了！"母亲绝望地说。

我在那个女检查员鼻子底下晃了一下我的地铁票，打断了她们的争执。

"夫人，我的票在这里。请原谅，我刚刚找回来的。"

"什么？"

"很抱歉,可我和我妈没有逃票。而且,这都是我的错,跟我妈无关。您看,这是我们过了机的票。它证明我们没有说谎。您没有理由扣留我们!"

这时,老妈看了我一眼。

这目光价值连城啊!女检查员很不高兴地放行了,她不得不这样做……

"好吧,这次就算了!"

她转身对5分钟前报警的同事说:

"米榭勒,取消报警。你们俩,快走!走!别再让我抓住。"

"好吧,不过我是不会感谢您的。"母亲愤怒地说。被如此对待,她感到非常气愤。

天哪,可以说,在地铁站这事差点变成悲剧,幸亏有我在场!

终于松了一口气!

晚上7点

回到家里,我和老妈倒在床上,睡得像婴儿一样熟。

7月19日星期二

过了好久我们才睁开眼睛。这叫什么下午啊！尽管已是晚上7点，阳光还那么强烈。幸亏，我们昨晚小心地让窗大开着，今天早晨又把它关上了，还拉上了窗帘，所以房间里并不像外面那样热，甚至可以说很舒服。我伸伸懒腰，打着哈欠，说：

"啊！我好像获得了新生！"

"宝贝，你饿了吗？"

"饿死了。"

"那我们出去吃饭？"

我差点忘了！我得去洗个澡，换身衣服，把凌乱的头发梳一梳，这样才好去见阿尔蒂尔呀！现在几点了？啊呀，刚好够时间！

晚上7点30分

我匆匆地洗了个澡，洗了头，然后一边等头发干透，一边试着我从老佛爷商场买来的新衣服，最后选中了一条短裙。它短得恰到好处，让我看起来比我的实际年龄大一点。好，很好！我还翻了翻老妈的化妆盒，找到了她的睫毛膏和唇膏。不管怎么说,我是在巴黎!睫毛漂亮地变长了,嘴唇涂了唇膏以后也更鲜艳了。我化好妆了。

晚上7点45分

我知道这很荒谬,但迈进梅拉克饭店的那刻,我的心跳加快了。我朝大堂扫了一眼,没有看见阿尔蒂尔,但老板在。

"我没看花眼吧?来自加拿大的两位女士!一切都好吗,女士们?"

"晚上好,先生。"老妈亲切地跟他打招呼,"我们很好。您检查过您的电子邮件了吗?"

"什么?我的电子邮件?啊,我都忘了告诉你们了。别担心,昨天我跟多米尼克谈了,一切都安排妥当了。对了,今晚你们想吃点什么?"

"如果还有座位,我们将很高兴在这里吃饭。"老妈同意了,显然,她松了一口气。

"你们在这里坐吧。"罗杰舅舅把一张椅子拉到窗前的一张桌子前,那是饭店里最好的位置之一,"这是菜单,阿尔蒂尔会过来给你们点菜。"

太棒了,一切都很完美。

晚上8点

菜单上写着,饭店提供"家常菜和阿韦龙菜",我不知道那究竟是什么菜,但立刻知道他们这里没有意大利番茄肉酱面。

历险生涯显然不像表面上看起来那样容易……

"哎,妈,阿韦龙菜是什么东西?"

"嗯,我想是来自阿韦龙(Aveyron)地区的菜吧!阿韦龙好像在法国南部。"

"阿韦龙人吃什么?"

"肯定就是菜单上的那些东西了,宝贝。看起来不错,是吗?"

"嗯……"

当阿尔蒂尔过来给我们点菜时,我对自己要吃什么还是毫无想法。说实话,这菜单我一点都看不懂。正如我第一次看到他那样,这小伙子一直咧着嘴在笑。他穿着白衬衣,系着黑围裙,好帅啊!

"您好，小姐，在巴黎玩得开心吗？"

"到现在为止都很好。"我很确定地说，但不敢直视他的眼睛。"嗯，我不怎么知道吃什么好。"

"通常，您喜欢吃什么？"

"哦，意大利面。"

"啊，很可惜，我们这里没有意大利面。您喜欢鹅肝吗？"

"不太喜欢。（肝？呃！）哎，'下水'是什么？"

"下水就是内脏。您喜欢吗？"

"啊，我想我不会喜欢。（内脏不就是肚子里的肠啊肝啊什么的吗？太恶心了！）"

"要不，我们还有鱼和香肠。您喜欢鳟鱼吗？"

"不太喜欢……"

"香肠呢？"

他自信满满的样子说服了我。不管怎么说，我还是很喜欢妈妈在家里给我做的香肠的。

"好吧，就它了！"

我看了他一眼，脸红了。他假装没看见，转身问我母亲：

"您呢，夫人，您想吃什么？"

"我呀,我想尝尝鳟鱼。"

"夫人,您很有眼光。"

"您整年都在这里工作吗,阿尔蒂尔?"老妈有点冒失地问。

"不,夫人。我夏天才在这里干活,秋天我要回阿韦龙我父母家里。我在那里上中学。"

"您喜欢在这里上班吗?"

"老板人很好,"他眨眨眼睛,轻声地告诉我们,"做菜的是我舅妈。他们待我不错,还付我钱。还能比这更好吗?"

他笑得更欢了。

"我很喜欢在巴黎工作。你们呢,你们俩为什么到这里来?我这么问不会显得不礼貌吧?"

"我到这里来是为了写文章。我是记者。至于朱丽叶,她是来度假的。"

"你们去卢浮宫了吗?"他看着我问。

"还没有,"我回答说,"我们明天去。"

"我想你们会喜欢的。那个博物馆离塞纳河很近。《蒙娜丽莎》真是一幅杰作!"

"嗯,是的,大家都这么说。"他对一个博物馆这么感兴趣,让我感到很惊讶。

"也可以去圣-马丁运河(le canal Saint-Martin)和维莱特公园(le parc de la Villette)逛逛,天黑以后看露天电影。"

"啊!这好像很好玩!"

"星期三下午我不用上班,那天晚上我有空。如果你愿意,我可以陪你去看看其中的一个地方。"他建议道,并且突然把"您"改成了"你"。

毫无疑问,我亲爱的母亲这时候要进行干预了。

"我并不觉得这是个好主意。您知道,朱丽叶才13岁。"

一听这话,我气都喘不过来了!不敢相信,老妈竟然以这种方式暴露我的年龄,好像想暗示对方我还是个孩子!哦……幸亏,就在这个时候,阿尔蒂尔的舅舅出现了,及时救了我。

"去逛圣-马丁运河和维莱特公园,多好的主意啊!"他大叫道,然后激动地直接对我母亲说:

"阿尔蒂尔在家里还有一架子的电子游戏。您知道,亲爱的夫人,没有比我的外甥更好的小伙子了。他是我妹妹的儿子。跟他在一起,您女儿绝对

7月19日星期二

不会有任何危险。别担心,我可以为他担保。"

说这话的时候,他把手放在胸前。

如果老妈没有被说服,那她一定是铁石心肠!她犹豫了片刻……最后同意了。

"OK,那我们明天下午先一起去散步。"

嘻嘻,太棒了!啊,我太喜欢巴黎了!

7月20日 星期三

上午9点30分

"卢浮宫是世界上最大的博物馆之一,肯定也是参观人数最多的博物馆之一。"走出金字塔(Pyramides)地铁站的时候,老妈这样告诉我。

卢浮宫里收藏了46万多件作品,每年来此地参观的访客超过900万人次。你知道吗?

"啊,是吗?我们进去?"

如果照我妈的性子来,那就不是早上顺便来这里看看,而是要在这里待一个月!

"我呀,我最想看《蒙娜丽莎》!"我接着说。(说实话,其他东西我不是太感兴趣。)

"你会看到的,宝贝。我肯定。"

在博物馆的广场上,我们走到一个漂亮的金字塔前。这个塔很大,用铝和玻璃板构成,三个面都一样……排队的人多得不得了!

"啊,不能再旧戏重演了。如果上午进去,我下午就无法跟阿尔蒂尔一起出去了。"

我绝望了。毫无疑问,在巴黎,干什么都要排队。

"宝贝,大约要排两小时的队吧,不会更久。我觉得这是可以接受的。"

"什么叫'可以接受'?现在是烈日当空。"

"幸亏我带了水和防晒霜,拿着。"她从袋子里拿出一瓶水和一支防晒霜,"可惜我没有想到带帽子。"

唉……没办法脱身了。我既不喜欢老妈对艺术可笑的热情,也不喜欢博物馆。

上午10点30分

我真的是在汗水中烤,不,是煮……而且,我早就喝完了我的那瓶水,现在急着上厕所。

上午11点

不,这不是真的!队伍老是不动!

"哎,妈,我想小便。"

"我相信你,宝贝。你知道,我也想上厕所啊。"

"看博物馆你就没有约个人?"

"嗯……没有。我来巴黎主要是采写商品大减价的事,所以没想到。"

"你觉得其他记者来这里也需要在大太阳底下排队?"

"嗯……也许不会吧。你说得对。我在想,如果我直接向门口的工作人员出示我的记者证,情况会怎么样……"

"你不想试试?"

她似乎犹豫了片刻。汗水渗透了她的短袖上衣,腋窝处湿了一大片。看来并不是只有我一个人感到热。

"好吧,不过你要在这里排队等我。如果行不通,我可不想失去队伍里的位置。"

"我在这里守着。"

母亲神色坚定,手里拿着记者证,向门口走

去。勇敢点，老妈，你很漂亮，你很善良，你很能干！（可惜的是，她有时要我告诉她该怎么办。）我远远看见她在跟保安交涉，然后进去了。这是个好兆头！1分钟过去了，5分钟过去了，6分钟过去了，她终于重新出现了，脸上带着笑容。

"怎么样？"

"我跟售票窗里的女士说了。"

"她怎么说？"

"她问我：'夫人，怎么回事？您不是记者吗？谁让您排队的？不可思议！把您女儿叫过来，进去吧！怎么会有这样可笑的事情？'"

老妈想模仿法国口音，真让人笑死。她自嘲了几句，然后说：

"她差点就把我当傻瓜了。"

"幸亏我建议你去找他们说说。"

"没错。走，宝贝，我们赶快过去，免得她改变主意。"

在周围排队的人惊讶的目光下，我们径直向入口走去，甚至都不用买票。啊，我爱上了巴黎的博物馆，尤其喜欢扮演记者。

上午11点30分

《蒙娜丽莎》前面围着一群密密麻麻的人，甚至还有些人背对那幅油画，把手机绑在自拍杆上，给自己拍照。我觉得他们太可笑了，因为他们根本没有扭头看画，而且这种怪异行为让我很难靠近那幅画。说实话，我觉得在一幅油画前自拍没有任何意义，况且那幅画并不大。我原先以为它很大，因为它太出名了。啊，不，那幅画不超过77厘米×53厘米，装在玻璃框里，画前站着一名看守，四周拉着一条安全绳。不管是大是小，谁都不可能把它装进口袋里带走。

如果您急着想知道为什么，那我就告诉您吧：《蒙娜丽莎》是一个名叫蒙娜丽莎的女子的肖像。妈妈说，她可能是丽莎·格拉迪尼，一个名叫弗朗西斯科·戴尔·乔孔多的人的妻子。蒙娜丽莎的脸好像是世界上最出名的一张脸。我在想这是为什么。真的，这是为什么？我并不觉得她有多漂亮。那幅画本身有些阴暗，用了很多青蓝色。那位夫人的微笑好像很"神秘"。我觉得她有些忧郁,好像戴了一副假牙,不想张口……不过,如果老妈说这是一幅无法模仿的杰作,我也不反对。不管怎么说,这幅画是列奥纳多·达·芬奇在1503年到1506年间画的,画旁边的介绍板上写得很清楚。你们知道这幅画有多古老吗?哇!我很惊讶它竟然没有化成灰。作品旁边的说明文字还告诉大家,这幅画从1797年起就属于卢浮宫了,也就是说,那个时候就有博物馆了。不可思议,是吗?

中午12点

再往前走,我们便来到了《米洛的维纳斯》(*Vénus de Milo*)面前。当然,那是一座很出名的雕塑。雕塑周围同样也围着一大群人。关于这件作品,我也有一点不理解,它显然缺失了几个部分。这是一座古希腊雕塑,比真人尺寸更大,展现的是一个女性形象,她被认为是爱神阿芙洛狄忒。

"它是1820年在米洛斯被发现的,所以被叫作

《米洛的维纳斯》。米洛斯是希腊的一个小岛。"①妈妈解释说。

"哦。那它为什么没有双臂?"

"很可能以前有,但人们发现的时候已经缺失了。"

"为什么说它是杰作呢?我觉得它并不漂亮,真的,甚至都不完整。"

"可它的姿势非常优美,比例很完美。脸嘛,确实有点男性化,但这是当时的时尚。宝贝,它是2000多年前的雕塑,也就是说在公元前。"

"天哪,这可真是老古董了!"

要知道,魁北克城才400年的历史,却已经有那么多历史故事了……

下午1点

我们在里沃里(Rivoli)路上靠近卢浮宫的麦当劳餐厅吃了快餐。是的,麦当劳在巴黎到处都有。

---

① 米洛斯在现代希腊语中称为米洛。

7月20日星期三

我终于来到了自己熟悉的餐厅！这里的菜单跟魁北克的麦当劳差不多，只有一点不一样：这里的甜点是马卡龙（macaron）而不是苹果馅饼。是的是的，正宗的马卡龙，圆圆的，五颜六色，不骗你。还有啤酒！哼！这里竟然卖酒精饮料，真是太奇怪了！但马卡龙真的很好吃，这是朱丽叶·贝鲁贝我说的。

总之，我很高兴逛完博物馆后休息了一会儿。然后我便急于去见阿尔蒂尔。我很爱我母亲，但整天待在她身边，谁不烦呢？她爱唠叨，不断找机会来教育我，好像永远不知道累似的。我知道，她觉得自己做得很对，希望我成为一个"有教养"的女孩。可我有时觉得这种教育方法会把人教育傻的。现在已经是下午1点，我跟我的新朋友约好2点见面的。哈，我太高兴了。我在想，我们在圣-马丁运河可以玩些什么……

下午2点

2点整，我们准时来到阿尔蒂尔的小饭馆前，他已经站在门口等了。看见我，他露出了灿烂的笑容。我突然想起了吉诺……啊，阿尔蒂尔不过是我的一个普通朋友，而吉诺呢……嗯，他是一个特殊的朋友。再说，我有权抓住机会让别人陪我逛巴黎，而不是老是跟着老妈，不是吗？

"啊，你回来了，朋友。"他跟我打招呼道，"我还一度以为你不来了呢！"

"我不可能放弃不跟老妈一起逛街的机会的。"

"朱丽叶！"

"哎，老妈，开个玩笑嘛！"

"阿尔蒂尔，我把她交给你了。你们俩小心点，晚上7点整我在这儿等你们。好吗？"

"别担心，妈妈。"

"请放一百个心吧，贝鲁贝夫人。我会照顾好您女儿的，就像照顾我的亲妹妹。"

（就像照顾他的什么？）

"好吧，那就好好玩！"

说完，老妈祝我们愉快，然后紧张地朝我们挥挥手，走远了。可怜的老妈，她老是担心我会出什么事。

我在想我能出什么事呢？

"哎，朱丽叶，你想去圣–马丁运河看看，然后一直走到维莱特公园吗?"

那个公园的名字真怪!总之,跟朱丽叶(特)这个名字押韵。太好笑了。

"如果你愿意,你可以叫我珠儿。"

"啊,你的朋友们都这样叫你?"

"是的。"

"但是……这让我觉得很滑稽。"

"为什么?"

"因为我爷爷也叫这个名字。"

"真的吗?"

"当然。"

他笑着挠挠头,然后又说:

"骗你的,我跟你开玩笑。"

哼!我可不愿意别人拿我开玩笑,但我又不能表现出来……

"我们去那里玩什么?"我想岔开话题。

"那是一个很不错的公园,很多年轻人去那里玩。我有几个朋友在圣-马丁运河入口处等我们。你可以结交一些新朋友,如果你愿意,大家可以一直走到公园。"

"太棒了!好主意!"

"那就走吧!我们首先得乘地铁。"

下午3点

圣-马丁运河两岸开设了4.5公里的散步道,河边有很多树木,还有9个船闸。船闸是干吗用的?它就像一扇门,可以用来蓄水放水,控制运河的水位。太漂亮了!我注意到,几乎到处都是好客的小店,咖啡馆、面包店和冰淇淋亭,顾客大多是学生。

尽管我很害羞,但我最后还是很高兴能和其他年轻人一起玩,况且他们都很可爱,也很照顾我。我甚至觉得他们都在比谁更殷勤,以吸引我的注意力,他们共4个小伙子,我是唯一的女孩子……我哪里会不高兴呢!

尼古拉皮肤黝黑,褐色眼珠,一头浓密的栗色鬈发,肩宽背壮,有着运动员的身材,他是4个男孩子中最高大的一个。他抱着滑板,一直朝我笑,是个超善良的人。

托马斯金发碧眼,比我还小一点,看起来很温柔的样子,总之,说话慢腾腾,我很喜欢他。

加斯帕尔,怎么描述他呢?我不太熟悉他,但知道他有点笨拙。他也抱着滑板,但好像身体很不灵活,让我对他的技术很是怀疑。我想,他不过是装模作样罢了。他的胳膊那么长,几乎都快碰到膝盖了。他走起路来的时候,大家都以为他会被自己绊倒。还有,他有一绺头发老是垂在眼前,而他的头发和眼珠黑得就像乌鸦的翅膀,这让他看起来一副滑稽的样子。

至于阿尔蒂尔,啊,他是个帅哥,笑起来很迷人,他是我最早认识的,所以也是我最喜欢的。

"朱丽叶!看看我的高难度动作!"尼古拉叫着我的名字,自豪地在滑板上表演杂技。哇,真厉害!

"别理那个小丑!滑板最厉害的是我!"轮到加斯帕尔了,"看好了!"

他看着我的方向,跳上滑板,没有朝前看。啊,太糟糕了!很不幸,他前面有一棵树。我甚至没来得及大叫一声警告他,他就一头撞到了树上。可怜的家伙。我想忍住不笑,但这很难。他努力维持尊严,大声地骂了一句:

"该死的!谁出的馊主意,在这个地方种树?"

"你没有摔破脸,滑板也没有摔坏,高手啊!"尼古拉嘲笑道,"你太厉害了,真的。"

"别理他们。"托马斯说着,轻轻地碰了一下我的手,想吸引我的注意,"我会弹吉他。可惜我今天没有带……"

然后,他眨眨眼:

"你渴吗?想喝可乐吗?"

"你饿吗?"尼古拉插话说,他也碰了一下我的胳膊,"想吃三明治吗?"

"天这么热,不如吃个冰淇淋?"阿尔蒂尔更绝,一点都不在意他的朋友们。

我悄悄地笑了。

"好啊,冰淇淋!阿尔蒂尔,这真是个好主意。"我大声地说。

大家都不聋。其他几个小伙子已经跑向冰淇淋亭,想赶在那个可怜的阿尔蒂尔前面。阿尔蒂尔一定后悔邀请他的伙伴们下午跟我们一起玩了。如果我在学校里也能这样受欢迎,里莱特姐妹早就气死了。

尼古拉滑板滑得最好,所以他第一个给我买来冰淇淋。

"香草巧克力冰淇淋,请!"

"太好吃了,尼古拉。谢谢。"

"美女,很乐意为你效劳。"

下午4点

维莱特水池和维莱特公园位于运河北端的尽头。三五成群的年轻人躺在巨大的草坪上休憩、野餐或演奏音乐。自行车道上,滑板在与自行车和滑轮抢道。真的,我从来没有看见过那么多的滑轮。我觉得太奇怪了。我上小学时有一对,但在加拿大,年龄大了就不太流行了。尽管它作为交通工具十分实用,尤其是如果你怕自行车被偷,或者像我或加斯帕尔,滑板技术不怎么样……

我们的四周有许多大楼,科学与工业城就在其中的一栋楼里。我的新朋友们告诉我说,还有一栋楼里有一些限时展览。巴黎的音乐学院也在这里,还有不少音乐厅以及一个音乐博物馆。酷!可我今天并不想进去。我只是想溜达溜达,不想挤破头……抱歉,小伙子们,今天下午我不去博物馆!

"你喜欢看电影吗?"尼古拉问。

"喜欢。"

"夏天,到了晚上,10点钟左右,我们可以在这里看露天电影。"

"我想来。"

"如果你愿意,我们带你来。"托马斯提议说,然后他又问,"你在巴黎待到什么时候?"

"我们下星期一晚上就要回魁北克。"

"没问题。"尼古拉说,"我们可以周末来。从星期三到星期天,每天晚上都有电影。"

"我们不妨在傍晚的时候到这里来野餐,这样可以占个好位置,吃完再看电影。"阿尔蒂尔建议。

"你母亲同意你这么晚出来吗?"加斯帕尔问,他有些怀疑。

他的语气有点讽刺的意味,让我感到很生气:他把我当小孩子了还是怎么的?

"为什么不同意?"我呛了他一句。

"你自己看着办吧!"他最后说。

老妈那边肯定没问题。不管怎么说,我总有一天要离开她的!啊,如果我今晚回去得早,接下来几天的行为又无可挑剔,说不定我真的能说服她,尤其是如果阿尔蒂尔能帮我一把的话,就更有希望了。

下午6点

我们从维莱特搭地铁到了巴士底广场(la place de la Bastille),那里以前是监狱。你知道一点玛丽-安东奈特(Marie-Antoinette)王后的故事吧?她是路易十六的妻子,被囚禁了一段时间后就在这个广场上被愤怒的臣民送上了断头台。去年,卡耶先生在历史课上给我们简要地讲过这个故事。真让人后背发凉!今天,这地方只剩下一块碑,一根巨大的柱子,以纪念法国大革命。这个广场现在主要起交通转盘的作用,四周是滚滚的车流。真是疯了!好像是一大堆碰碰车,却神奇地从来不会相撞。我可不想在这里开车。

"7月14日的国庆庆祝活动就是在这里举行的。"托马斯告诉我。

"啊,今年国庆我要是在这里就好了。"我说。

"你也许可以明年国庆来?"阿尔蒂尔满怀希

望地问。

"嗯,但不肯定。"

我不想让他们失望,所以不想告诉他们,我母亲想在50岁之前走遍全球,凭她的这种固执劲儿,我们很少有机会重返同一个地方……

从这个地铁站,我和阿尔蒂尔可以沿着罗凯特路一直走到我的住处。托马斯、尼古拉和加斯帕尔想好人做到底,决定陪我们走回去,尽管他们回家的方向与我们相反。

"反正我们要到晚上8点以后才吃饭。"托马斯解释说。

我在想,他们是怎么坚持到晚上8点的。我并不怎么想回家,但我1个小时前肚子就饿得咕咕叫了。但愿老妈能给我煮意大利面,配番茄肉酱!我做梦都想吃!

罗凯特路很漂亮很热闹,两边有很多有趣的小商店:旧货店、比萨饼店、鞋店……能独自发现巴黎的新景点,我感到很自豪。总之,我完全可以自己对付!我受够了跟老妈形影相随……我是一个完整的人,不是吗?你们同意我的看法吗?

晚上6点30分

天暗了下来。大团的乌云开始聚拢,好像要下雨了。我们加快步伐,穿过一条马路的时候,踩到了一块大钢板,上面写着"IDC"几个字,这儿好像是一个地下室的门口,里面看起来很阴森。我笑了起来。这里的一切都那么奇怪。

"这是采石场的一个入口。"加斯帕尔告诉我。

"什么?"我不明白。

"就是巴黎马路底下的采石场。"阿尔蒂尔说,"你坐过地铁,听说过地下墓穴(catacombes)吗?"

"嗯,听说过,听说过一点。地下墓穴就是地底下的坟墓,是吗?"

"不完全是。"阿尔蒂尔纠正道。

"不如说是尸骨堆放处。"尼古拉解释道。

"尸骨堆放处又是什么东西?"

"巴黎的地下就像一大块埃曼塔尔奶酪,上面满是孔!"温和的托马斯告诉我说,"在巴黎人的脚底下,除了地铁和下水道,人们还挖了数公里的地下长廊，从某些墓地挖出来的尸骨就堆在那里。"

"天哪！我母亲跟我说过地下走廊，但没有说过尸骨堆。"

"堆成山的尸骨。别不承认你害怕了，小女孩，可这好像也没那么吓人。"尼古拉扯了一下我的头发，嘲笑道。

"哎，放手！我是个女孩，所以比你胆小。"

（男孩啊，他们有时会变得很坏。）

"据说地下走廊加起来差不多有300公里长，"阿尔蒂尔插嘴说，"你说是真的吗，加斯帕尔？"

"当然是真的，我跟我哥哥走过全程。"加斯帕尔吹开挡住他右眼的那缕头发，吹嘘道。

"我跟我舅舅和舅妈参观过其中的一部分，"阿尔蒂尔又说，"我们看到的是一个像尸骨博物馆的地方。人们付钱就可以在地底下逛1个小时。"

"真的吗？"我惊讶地问。

我不敢相信，一阵哆嗦从脑门开始，经过脖子，一直传到后背中间。

"阿尔蒂尔参观过的不过是真正的尸骨堆的一小部分，类似的地方似乎有几千处。"尼古拉说。

说着，他举起双臂，模仿幽灵，做出要向我扑来的样子，大叫道：

"啊——"

"噗！"我做出反击状。

"哎，朋友们，我们在尸骨堆放处来一场庆典怎么样？"加斯帕尔建议道，显得十分自信，"星期五晚上我可以私下组织一次参观。你们想参加吗？"

"你是说在地下开派对，四周都是尸骨？"我大叫道，眼睛睁得滚圆，又是惊讶又是好奇。

"当然是在地下了。"加斯帕尔说，"这种派对在巴黎很常见。"

"常见？你瞎说，加斯帕尔。"托马斯轻轻地捅了一下他的腰，"并不是所有的人都有地下癖。"

另外两人笑得前仰后翻。

"地下癖是什么意思？"我问。

"就是喜欢在地底下偷偷参观。"阿尔蒂尔告诉我。

"哦。你们有吗？"

我睁大眼睛，不知道该感到害怕还是应该感到兴奋。

"啊不……我参观过那个博物馆之后，就再也没有下去过。我觉得自己既不是蚯蚓也不是老鼠。"阿尔蒂尔说。

"我们甚至从来没有下去过。"尼古拉转身对托马斯承认道，托马斯点点头。

"那你星期五晚上去不去？"加斯帕尔逼他，"嗨，哥儿们，我们会玩得很开心的。"

"你要口香糖吗，朱丽叶？"托马斯问我。

阿尔蒂尔、尼古拉和托马斯似乎举棋不定。

为了取乐，他们像10岁的孩子一样，互相推搡，阿尔蒂尔和尼古拉试图抢走托马斯的那盒口香糖。

"你们是害怕还是怎么的？"加斯帕尔想用激将法。

阿尔蒂尔反对说："我想星期五晚上我们还是带朱丽叶去看露天电影吧！"

"我们怕什么？"尼古拉生气了，反问道，"你以为就你一个人有蛋蛋？"

（哈，这帮小子开始说起蛋蛋了！最好还是及时制止，免得越说越离谱……）

"我呀，我觉得在地下墓穴开派对也挺适合我的。"我说。

（天哪，这话刚刚真的是我说的吗？这会儿，我的心跳得有点厉害。）

"可这不是适合你参加的活动，小姑娘。"加斯帕尔说。阿尔蒂尔好像也想打退堂鼓，"你们这两个小伙子，"他指着尼古拉和托马斯，讽刺道，"你们的老妈会让你们去吗？"

"你怎么说话的呢？不适合我？"我不满地说。他的那句"小姑娘"让我生气了。（哼，他把自己当作我妈了还是怎么的！）

"我是要去的，这毫无疑问。可你真的想到地下去吗？"尼古拉继续以嘲讽的口吻问。

"为什么不？我又不比你胆小。"我生气了，打肿脸充胖子。

"我一点都不觉得带朱丽叶去那里是个好主意。"阿尔蒂尔又干预了，一副担忧的样子。

这就让我不太高兴了。说实话，我一点都不喜欢别人教我怎么做。老妈和学校的老师教训我已经够多了。现在是在度假，我应该利用这个机会尽量开心才对。

"我嘛，我很希望能体验一下。"我坚持说。

"是啊！可爱的小姑娘，在地下墓穴开派对，这是所有尊重自己的巴黎青年的梦想。"加斯帕尔说，"加拿大女孩应该也是如此。"

"对，我可能也喜欢。"托马斯看着我，承认道。

这个托马斯真是太可爱了！

"啊，真的吗？"我说，"那将是我们俩的第一次。我很高兴跟你一起去体验，"我朝众人送去一个极迷人的微笑，补充说，"和你们大家一起体验。好了，大家都同意吧！"

我很快就意识到，我最应该说服的是阿尔蒂尔。

"你母亲会怎么说？"他担心地问。

"我母亲由我来应付。"我回答说。

"如果你告诉她说，这是非法的，她有可能不会让你去。"他反对道。

当然，他说得有道理。这个阿尔蒂尔，怎么突然变得这么扫兴！

"怎么不会，"我撒谎道，"不管怎么说，也许没有必要告诉她……"

"总之，不要让我欺骗她。"他生气地说。

我笑了,想缓和突然变得沉重的气氛。

"你知道,我母亲她动不动就担心。哎,尼古拉、托马斯和你也会去的,是吧?有了你们,我就什么危险都没有了,不是吗?"

"她说得对。我们都在,可以照顾她。"托马斯一手搂着我的双肩,对阿尔蒂尔说。

(这个托马斯,他可真不放过任何机会。我想他真的对我一见钟情了。)

"我下去过很多次,对所有的隧道都了如指掌,小姐,你真的不会有任何危险。"加斯帕尔吹牛道。他又吹了一下那绺不听话的头发,但没能成功。"我哥哥在市政厅工作,他常常带我到地下走廊去。"

"怎么回事?他是做什么的?"

"他是从事公共工程的工人,经常要下去修理和检查。我熟悉他和他的同事常去的地方,因为我陪他们去了好多次。如果从那里走,一切都会很顺利。我们带上帽子和手电筒,还有吃的和音乐播放器。你喜欢跳舞吗?"

"很喜欢。"

"我也很喜欢。"他笑着说。

这时，我才发现加斯帕尔的许多牙齿坏得很厉害，变成了黑的，难怪他不经常笑。他确实不是很帅，但我要问自己：什么时候开始以貌取人了？

晚上6点45分

一滴雨刚刚落在我的脸上，这个区域的夜似乎来得格外早。

"今晚有大暴雨。"加斯帕尔说，"我想我们应尽快回各自的家。明天晚上到阿尔蒂尔那里会合？"

"会合干什么？"阿尔蒂尔问。

"制订星期五晚上地下派对的计划呀！"加斯帕尔提醒他说。

一个惊雷炸响。啊！我被吓得半死。

我们很快就会被淋湿的。

"好吧，明晚7点左右到我那儿集中。"阿尔蒂尔似乎违心地让步了。

加斯帕尔、托马斯和尼古拉钻进最近的地铁口，阿尔蒂尔和我却还得跑一段路回家。

晚上7点

回到家里,我只有一个念头:跟吉诺和吉娜讲述我的这一天。在妈妈做意大利面时,我跑到房间里,用她的电脑登录我的"脸书"账号。

现在是魁北克的下午1点。吉娜很可能有空。我点了一下"即时聊天"。太好了,我最好的朋友在线。

> **我**:你好!
> **吉娜**:朱丽叶!总算有你的消息了。我都开始担心了。
> **我**:没理由啊!你在做什么?
> **吉娜**:什么都没有做。你走了以后一直下雨,甚至有些凉,大家都待在家里,所以我在电脑上浪费了一些时间……
> **我**:啊,这太糟了!我这里很热!
> **吉娜**:你玩得开心吗?
> **我**:总的来说很开心。
> **吉娜**:你去看埃菲尔铁塔了?
> **我**:当然。

吉娜： 太了不起了。感觉怎么样？

我： 很棒！我们上了塔。我甚至觉得碰到了天空。

吉娜： 太幸运了。

我： 我们还去了商场。老佛爷商场！太漂亮了！我买了很多新衣服。

吉娜： 太好了。见到名人了？

我： 一个都没见到。

吉娜： 太遗憾了。你参观卢浮宫了吗？

我： 今天上午去了，我得承认，我并没有感到太惊喜。我更喜欢在新朋友们的陪伴下游玩。

吉娜： 什么？新朋友？你遇到英俊的法国小帅哥了？

我： 嗯。

吉娜： 不是开玩笑吧？

我： 真的。四个法国小帅哥，他们是阿尔蒂尔、尼古拉、托马斯和加斯帕尔。

吉娜： 他们多大年纪？

我： 我想14岁吧？

吉娜： 哇，他们真的帅吗？

我： 托马斯、尼古拉和阿尔蒂尔很帅，加斯帕尔嘛，长相一般吧，但他很热情。

吉娜：你得找机会拍几张照片。你是在什么地方遇到他们的？你们在一起做什么？

我：我们今天下午才第一次一起出去。阿尔蒂尔在我们住处对面的小饭馆工作，我是在那里认识他的。他给我介绍了其他人。

吉娜：你妈同意你跟他们出去吗？她可太了不起了！你很幸运。

我：你以为！她有时很难说话，总是把我当作一个小孩，什么都要管。

吉娜：她监护你是正常的。你是在巴黎，据说那里有1200万居民。换作我母亲，她也会这样做。

我：你这是在为我母亲辩护。

吉娜：我只是实事求是罢了。你母亲有时很温柔，这是你自己说的。

我：是的是的……

吉娜：你对其中的哪位动心了？

我：对托马斯和阿尔蒂尔有点动心。托马斯金发碧眼；至于阿尔蒂尔，他很高大，也有一双蓝眼睛，头发是深栗色的，他对我很好。

吉娜：那吉诺怎么办？

（我生气地叹了一声。）

我：关吉诺什么事？

吉娜：你忘了他了？

我：哪里！他在阿根廷，说不定现在有一群女孩在追着他呢！所以我不明白我为什么就不能在这里跟朋友们乐一乐。总之，我又不干坏事。

吉娜：别生气。

我：我不生气，但你好像妒忌了。

吉娜：我妒忌？说什么呀，我是为你高兴……老朋友，你这是怎么了？我都不认识你了。

（你才有病呢！）

我：我很正常啊。你想多了！

吉娜：……

我：你知道吗……

吉娜：知道什么？

我：星期五晚上我想跟那群男孩到地底下参加一场派对。

吉娜：啊，巴黎的派对。你母亲同意吗？

我：嗯，还没有。我打算跟她说，我想和那些小伙子们去看露天电影……你怎么看？

吉娜：嗯，我还不确定跟她撒谎是不是一个好主意。

7月20日星期三

我: 为什么?这不过是一个无足轻重的小小谎言。如果我告诉她说,那是在地下墓穴举办的派对,她会担心的,那晚上的聚会很可能就会泡汤。我将跟她说我去看电影,这样她同意的概率会高得多。不管怎么说我是跟四个大男孩在一起,不会有任何危险。

吉娜: 可是,如果没有危险,你就应该把事实告诉她。我真搞不懂你。那是一个什么样的地下室呢?

(吉娜有时会把自己当作是我的后妈。这种时候的她就太讨厌了!)

我: 是这样。巴黎市区的地下有一些隧道。这里的年轻人,许多都是地下墓穴迷。

吉娜: 什么?你刚才说什么?地下墓穴的什么?你是说那些人有病,喜欢追逐灾难,是吗?

我: 不是灾难,而是地下墓穴。[①]

吉娜: 等等,你吓坏我了。你不会是想告诉我,你们打算在地下墓穴开派对吧?

我: 嗯……这正是我的意思。

---

① 法语中,"灾难(catastrophes)"和"地下墓穴(catacombe)"发音相似。

吉娜：是我弄错了还是你说的真是某种大型的坟墓？

我：不如说是用来储放尸骨的仓库。

吉娜：你昏了头还是怎么的？真的，朱丽叶……

（我觉得她这样就太过分了！）

我：总之，我不能再说了，因为要吃晚饭了。我妈叫我了。

吉娜：等等！我觉得地下墓穴这事预兆不好，我有不祥的预感。答应我不要去。

我：可是……

吉娜：再说，如果你还想瞒着你母亲，这更表明这不是个好主意。你远在异乡，如果你惹什么麻烦，吉诺和我都无法赶去救你。

我：我绝不会惹麻烦的。真的！

吉娜：我是你肚子里的虫，知道你在想什么。我是你最好的朋友，希望你好。相信我，放弃这个念头。

我：我妈不耐烦了，吉娜。

吉娜：我们什么时候再联系？

我：一有可能我就跟你联系，但我不知道什么时候。现在，我真的要离开你了。再见，吉娜！

吉娜：再见，珠儿。

7月20日星期三

好了,这下我对我最好的朋友撒谎了。这是第一次。我觉得怪怪的……(我头脑中有个声音在说话:"不,她着了什么魔?她在瞎说!")

7月21日 星期四

上午9点

我醒了。昨晚没睡好,我梦见自己被活活关在一个坟墓里,吉娜在我头顶大喊:"不!"太吵了!原来是老妈在打呼噜。其实,她也并不是真的在打呼噜,而是在使劲呼吸。有时,她会在睡觉时说些让人听不懂的话,而且还动来动去。小时候,我竟然会哭着闹着要到她的床上去睡。真是不可思议!

我听见她在厨房里给自己煮咖啡。她也许已经给我煮好了热巧克力?我在想早餐会吃些什么。我是因为想吃东西才起床的。

上午9点10分

"早上好,妈妈!"

"啊,你好,宝贝。睡得好吗?"

"噗……下次,房间里真的应该要有两张床。"

"可是,宝贝,我喜欢跟你一起睡。"

"可惜我不喜欢。"

她好像一下子变得很伤心,我立即就后悔说这话了。

"嗯,我是说,我有点习惯不了。而且,你睡觉的时候说梦话。"

"真的吗?你听到我说什么了?"

"我不知道。昨晚你说了一些听不懂的话。"

"很抱歉,珠儿。"

"没关系。我们今天做什么?"

"我想带你去看巴黎圣母院(Notre-Dame de Paris)。你知道吗,就是那个教堂?"

"驼背人的那个教堂?"①

"没错。"显然,在那个教堂里,我不可能遇到来巴黎开演唱会的玛丽-马伊。不过,如果我还想让她开恩,让她同意我准备向她提出的请求,我最好还是管住自己的嘴,对她尊重点。于是,我露出了乖乖女的那种甜蜜的微笑。

"行,我很愿意去那里。"

"你要羊角面包吗?你睡着的时候我出去买了黄油和巧克力羊角面包。"

"要!啊,谢谢,亲爱的妈妈!你太好了!"

她笑了,好像忘了我刚才的无礼。啊,我终于可以毫不内疚地吃我的点心了。

我一直喜欢吃甜点,而在这里,在巴黎,甜点真的好吃,尤其是配喷香的热巧克力。

"哎,妈妈?"

"什么事,宝贝?"

"今晚晚餐后我可以到阿尔蒂尔那里转转吗?"

---

① 朱丽叶说的驼背人指雨果小说《巴黎圣母院》中的驼背敲钟人加西莫多。

7月21日星期四

"你们准备了什么节目?"

"没什么,就是玩玩他的电子游戏。"

"如果不是回来得太晚,我觉得没有任何问题。"

"还有,星期五晚上,我们想去维莱特公园看露天电影。"

"到时候再说吧,宝贝。好吗?"

"好吧!"

(我觉得已经胜券在握。哈哈哈!)

上午10点30分

我们坐地铁去西黛岛(l'île de la Cité),巴黎圣母院就在那里。在车厢里,我想起了小时候非常喜欢看的那部迪士尼电影。我最喜欢的一幕是埃斯梅拉达为了解救加西莫多而大胆嘲笑可恶的弗洛罗及其士兵。加西莫多被绑着,身上被扔满了西红柿。可怜的加西莫多!他那么温柔,那么可怜,却又那么丑!

想到终于要看到巴黎圣母院,看到它的钟楼、檐口上的动物雕像和其他的一切,我就超级激动。啊!

朱丽叶游巴黎

上午11点

出了地铁,我们必须走过一座桥才能到西黛岛。天气还是那么好,但热得要命。可老妈似乎没有受到37摄氏度高温的影响,鼻尖没有一滴汗。她手里拿着旅游手册,已经做好充分的准备要给我讲解了。

"这座岛也是巴黎的摇篮。"她告诉我说。

"你说的'摇篮'是什么意思?"

"2000多年前,巴黎就是在这里诞生的。"

"难以置信!这么说,这座教堂已经有2000多年的历史了?"

母亲大笑起来。怎么,我说了什么可笑的话?

"2000多年前,这些东西统统都没有。这里不过是一个小村庄,住着一个凯尔特(Celte)[①]部落,叫作巴黎希(Parisii)。你现在看到的这些建筑都是后来慢慢建起来的,大多是在别的建筑的废墟上重建的。"

[①] 凯尔特人在罗马帝国时期与日耳曼人、斯拉夫人一起被罗马人称为欧洲的三大蛮族。凯尔特人是现今欧洲人的代表民族之一。

7月21日星期四

"教堂呢?"

"它是1163年到1330年间在一个罗马神庙的遗址上建造起来的。"

"也就是说,人们花了差不多200年的时间才把它建好,它矗立在那里已经600多年了?"

(哇,我今年心算大有进步啊!)

"实际上花了160年。它当时就是现在这个样子。一代代泥瓦工、建筑师、石匠、雕塑家和工人前赴后继,才建成这个教堂。这也说明了这一建筑价值之丰富。你知道,就在这里附近,有个考古墓穴,里面有许多2000多年前的老房子的废墟。"

"是在地下吗?"

"是在地下。"

"太棒了!哎,老妈,地下墓穴到底是什么东西?"

"那是堆放尸骨的地方。宝贝,你是从哪儿听说的?"

"哦,阿尔蒂尔和他的朋友们昨天提过。好像可以去参观。"

"是的,在巴黎,人们可以去看的。你想去吗?你热了,嗯?"

"嗯……热。"我轻声地承认道。

"如果你愿意,我马上带你去参观教堂。你说得对,在地下比别的任何地方都凉快。"

(嗯,但这并不完全是我希望得到的结果。不过,在星期五晚上之前,跟老妈散散步,培养一下感情,这没有坏处。)

上午11点15分

老妈继续给我介绍和描述我们在巴黎逗留期间将参观的地方。突然,拐过一条小巷,我们到了——来到了巴黎圣母院前的广场。哇!它太漂亮了,我的心差点停止跳动。它跟迪士尼电影里面的一样,但比电影中的还要漂亮,因为它饰有雕塑的外墙、它的浮雕、它的钟楼、它的大钟、它漂亮的大门和屋顶檐口的动物雕像,一切都是真的!我能来到这里,真是太幸运了!

"妈妈?"

"什么事,宝贝?"

"我们可以进去吗?"

7月21日星期四

巴黎圣母院

"当然可以!我们到这里就是来参观的。来,我们先转一圈,然后我给你一个惊喜。"

真的?我喜欢惊喜。

上午11点40分

我不知疲倦地欣赏着教堂的各个侧面。世界上可能没有第二个教堂有这么丰富的装饰,几乎到处都有雕像。要看的东西太多了,让我目不暇接。

我们进了教堂,进去是免费的。妈妈说,这很正常,因为这是教堂而不是博物馆……可这教堂里面布满了艺术品,彩绘玻璃窗可以跟《一千零一夜》中的宫殿相比。太漂亮了!里面比外面凉快多了,我和妈妈趁机在里面默默地坐了一会儿。

中午12点

"你想看教堂的大钟、檐口上的动物雕像和怪兽吗?"

"想啊!檐口上的动物雕像我了解一点,但怪

兽是怎么回事?"

"巴黎圣母院檐口上的动物雕像和怪兽都是人们想象出来的怪物,雕刻在石头上。要比较它们之间的区别,就得登上塔顶,一直走到怪兽走廊。你想去吗?"

"那就是你给我的惊喜?"

"是啊!"

"耶!"

中午12点30分

檐口上那些著名的动物雕像及其伙伴,也就是那些怪兽,都藏在两座钟楼之间一条宽阔的走廊后面。

我挺期待它们能像在电影中那样活起来,可它们一动不动。其实,檐口上的动物雕像是一种檐槽或者叫天沟,是用来排雨水的。中世纪的艺术家们把它们雕刻成恶魔的样子。至于怪兽,它们大部分坐在围绕着钟楼的走廊上,凝视着广场上的行人,确实很让人害怕!

那些雕塑家的想象力非常丰富!你们相信他

们真的在自己的脑海里看到了那些怪兽？比如檐口上的怪兽，面孔和身体一半是动物一半是人；有的还有鸟的翅膀、鹰的嘴、狮子的爪、蛇或者龙的尾巴。我今晚恐怕又要做噩梦了。

而南边钟楼上的大钟更让我惊讶得合不拢嘴。它太大了！大得都不像是真的！加西莫多一个人真的能独自敲响这口钟吗？

"妈妈，加西莫多这个人物真的存在吗？"

"宝贝，那是一个传说中的人物。他第一次出现，是在法国作家维克多·雨果（Victor Hugo）的一部小说中。那本书叫《巴黎圣母院》（*Notre-Dame de Paris*），1831年出版，但书中的故事却发生在中世纪。巴黎圣母院的敲钟人加西莫多由于太丑，被选为疯子之首。你小时候看的迪士尼的那部电影就是根据雨果的小说改编的，但更加浪漫，因为它的结局很圆满。小说却不是这样，因为埃斯梅拉达和加西莫多最后都死了。"

"啊！太凄惨了。"

母亲露出了一丝微笑。

"有的故事结局不好，宝贝，但我们没有任何

7月21日星期四

办法。你还想去看地下墓穴吗?"

"非常想。"

"那好,我建议我们去卢森堡公园(les jardins du Luxembourg)野餐,那里离蒙帕纳斯(Montparnasse)街区不远,地下墓穴就在那里。我查过我的旅行手册。从这里出发,我们要坐RER[①]——那是一种在地面行驶的地铁——到卢森堡站。我们到了之后在面包店买点三明治,坐在公园里,一边休息一边吃东西,然后再去地下墓穴。行吗?"

"太行了!"

下午1点30分

妈妈说,公园所在的那个区就是左岸的中心,也就是说,那是一个非常典雅的街区。很酷,是吗?

卢森堡公园确实很漂亮,里面有许多人。一般的公园里大多是木凳,但卢森堡公园里到处都是绿色的铁椅,散步者可以免费使用。我们选择了树

---

① RER,郊区快线(Le réseau express régional)的法语缩写。

荫下的两张铁椅,紧挨着中心水池,孩子们在那里玩漂亮的小帆船。我记得在我喜欢的《玛蒂娜去公园》中见到过这情景,那本书是我4岁时妈妈送给我的。孩子们用一根木棍指挥自己的小船,船上挂着五颜六色的船帆。太可爱了!可以说,我今天在这里,在巴黎,就像置身于电影中的巴黎一样。我仿佛在做梦,这一刻太完美了!我感到自己是如此幸福。

下午2点

吃了三明治,喝了柠檬水,我又开始吃手指形巧克力泡芙,一边吃一边东张西望,仔细观察旁边的游客。到处都有散步的情侣,但毫无明星的影子,至少到现在还没有……我多少有点失望。听说克尔斯滕·邓斯特(Kirsten Dunst)[1]一半时间都待在巴黎,布拉德·皮特(Brad Pitt)[2]和安吉丽

---

[1] 克尔斯滕·邓斯特(1982—),美国影视演员。凭借科幻电影《蜘蛛侠》获得MTV电影奖最佳女演员奖。
[2] 布拉德·皮特(1963—),美国电影演员、制片人。

娜·朱莉（Angelina Jolie）①也住在巴黎，可我连他们的影子都没有看到。

下午2点05分

我们有点遗憾地离开了卢森堡公园，因为在水池边的树荫下太舒服了！在前往地下墓穴的路上，天热得我们从头到脚都在出汗。我们重新上了RER，要去丹费尔-罗什洛（Denfert-Rochereau）站，妈妈告诉我，那是离地下墓穴最近的站。这次参观将是一次"地狱之旅"！（玩个不祥的文字游戏吧……）

下午2点25分

地下墓穴的大门一点都不起眼。没有金碧辉煌的大门，也看不到什么怪兽，只有一个普通的绿色

---

① 安吉丽娜·朱莉(1975—)，美国演员，曾主演电影《古墓丽影》，2000年获第72届奥斯卡金像奖最佳女配角奖。

铁门，在大街的另一边，靠近蒙帕纳斯公墓。（是的，又是一个公墓。你说得对，在巴黎，公墓太多了！）妈妈说，从20世纪初到60年代，蒙帕纳斯是流浪者的街区，艺术家和画家都喜欢聚集在那里。

"有名人吗？"

"当然有。"

"哦……"

她迅速翻了一下她的旅游手册。

"比如说约瑟芬·贝克（Joséphine Baker）[①]、巴勃罗·毕加索（Pablo Picasso）、亨利·马蒂斯（Henri Matisse）、马克·夏加尔（Marc Chagall）[②]、马龙·白兰度（Marlon Brando）[③]……"

"他们还活着吗？我一个都不认识。"

"唉，很可惜，他们全都去世有一段时间了。不过，许多名人就埋葬在旁边的公墓里，比如夏

[①] 约瑟芬·贝克（1906—1975），美国黑人舞蹈家、歌唱家，世界上第一个"黑人超级女明星"。大作家海明威称她是"全世界最漂亮的女人"。

[②] 马克·夏加尔（1887—1985），白俄罗斯裔法国画家、版画家和设计师。

[③] 马龙·白兰度（1924—2004），美国影视演员，主演过《欲望号街车》《教父》《巴黎最后的探戈》，曾获奥斯卡金像奖最佳男主角奖。

尔·波德莱尔、西蒙娜·德·波伏瓦（Simone de Beauvoir）[1]和让-保尔·萨特（Jean-Paul Sartre）[2]，甚至包括赛尔日·甘斯布（Serge Gainsbourg）[3]。"

唉！既然他们都已经去世，我不明白为什么还要谈论他们。成年人有时真搞不懂！

下午2点35分

又是那么多人……又要在大太阳底下排队！啊呀！幸亏，今天妈妈毫不犹豫地越过众人，直接到门口出示了记者证。让我大吃一惊的是，还是管用。太酷了！经过售票窗口，一进大门，就看见一块巨大的牌子，上面写着：

---

[1] 西蒙娜·德·波伏瓦（1908—1986），法国存在主义作家，女权运动的创始人之一，主要作品有《第二性》。1954年凭小说《名士风流》获龚古尔文学奖。
[2] 让-保尔·萨特（1905—1980），法国20世纪最重要的哲学家之一。
[3] 赛尔日·甘斯布（1928—1991），法国歌手，法国流行音乐史上最重要的人物之一，被视为世界上最有影响力的流行音乐家之一。

> 这个地下墓穴位于巴黎地下城市中心,是一个真正的迷宫,它是在古老的采石场坑道上修建而成的,巴黎建城的石头正来源于这个采石场。来自巴黎各公墓的600万具骸骨被安放在迷宫似的长廊里,长廊长1.7公里,高1.8米,温度保持在14摄氏度。心脏或呼吸系统有问题的人、敏感体质的人以及无成人陪伴的儿童不建议入内。

哇!那里面一定很有看头。哈哈!

下午2点45分

要去那条走廊就必须往下走许多石阶。那是当然的,因为地下墓穴在巴黎的地下……可怕呀!我开始发抖了。

"哎,妈,下面有没有蜘蛛?"

"我想没有。"

"你为什么觉得没有?你是不知道,还是真的知道没有?"

"嗯……我觉得没有。"

"可你不确定?"

"嗯……是的。"

可怕啊……看到尸骨,我想我能顶得住。今年,常识课上讲到了一具名叫奥斯卡的尸骨,我一点都不害怕。但我真的很不喜欢蜘蛛,我怕它们。如果让我看见一只,我会:

· 尖叫得让全巴黎人都听得见我的喊声;

· 被吓得头发全白或者一下子全掉了,包括眉毛和睫毛(第一种情况叫"早生白发"[1],第二种情况叫"脱发"[2]);

· 得心脏病;

· 看见我妈当着我的面心脏病发作(由于我的尖叫或我的头发变白、脱落)。

不是开玩笑,光是害怕蜘蛛,问题就已经很严

---

[1] 这可不是说笑。你知道,法国的最后一个王后,玛丽-安东奈特在上绞刑架的前夜就发生了这事。——原注

[2] 这也不是开玩笑,许多人都碰到过这种情况。老妈说,甚至包括摩纳哥的卡罗琳公主。——原注

重了。这叫蜘蛛恐惧症,会让人被吓死的!你呢,你害怕什么东西吗?

下午2点50分

下了楼梯,我们来到一条走廊上。地面是夯土的,墙和洞顶都是石头做的,用水泥柱加固。几支手电筒似的东西随意地绑在墙上,照亮通道。老妈说得对,没有任何蜘蛛的影子,至少在这朦胧的灯光下没看到,于是我完全放心了。前500米不过是一系列走廊,接着,我们来到一个低矮的大厅门口。门口有一块牌子,上面写着:

请止步!这里是死亡王国。

必须承认,这真的很可怕……总之,让我后背发凉,心跳也悄悄地加快了。如果没有蜘蛛,我还是很享受这种恐惧的。你们不会吗?无论如何,我天生的好奇心和激动的心情很快就战胜了恐惧。我不再犹豫,走了进去。母亲也跟着我走了进去。

7月21日星期四

下午2点55分

天哪!在地下25米的地方,我看到的东西难以描述。让人完全意想不到!这里堆积着小山一样高的尸骨。数千块胫骨、肱骨和脑颅根据大小和种类,整齐地堆放在一起。可怕!恐怖,凄凉!真的!而且,这里阴森得很,因为光线被调到最暗。呜呜!

"妈,你看!他们好像想在这里复制一栋房屋。股骨形成了一个巨大的方形地基,头骨在上面堆成一个三角形,而胫骨和其他长骨头在四周卡住,支撑着整体。这是一件真正的艺术品!"

"你说得对。看,头颅卡在胫骨之间,很像是一个十字架。宝贝,人真的微不足道啊!我可不愿意人们把我的尸骨堆在这里。"

"妈,你没事吧?"

她的脸色突然变青了。

"不太好,我想我要呕吐了。"

"唉,妈,你怎么一下子就多愁善感起来了。学学我吧!你都40岁了,又不是14岁。我都不怕,你别跟我说你害怕!"

"你说得对,会过去的。别担心。"

她直起腰,无力地对我笑了笑。可怜的老妈!她一点都不像女性版的印第安纳·琼斯(Indiana Jones)①。不过,至少我像。我想我很可能会成为一个考古学家,我嗅觉灵敏,能发现宝藏。对了,现在有一件事情让我吃惊:这些骨头一点气味都没有!真的,空气中没有任何难闻的气味,除了有点潮湿。没有任何让人不愉快的东西。而且,我注意到,墙缝处都有一点渗水。对于一个古老的地下室来说,这也很正常!

这是第一个厅,一条通道把它与其他许多地下室连接起来。等待着我们的是不一样的景观,有巧妙地堆成几何形状的尸骨,还有刻在墙上的谜一样的句子和诗歌。

我感到很自在,东张西望,再次激动得浑身颤抖。我看到的是一个阴森的戏剧布景,我愿意在这里

---

① 印第安纳·琼斯,《夺宝奇兵》系列电影的主角,身份为风俗学教授和考古学家。

面待久一点。可惜吉娜和吉诺不能看到这些，尽管吉娜有点幽闭恐惧症，我不肯定她真的会喜欢。啊呀，我还是设法明天晚上跟那群小伙子再回到这里吧。

下午3点45分

正如天下没有不散的筵席，向游客开放的部分很快就参观完了。我们不得不回到地面，回到巴黎傍晚的炎热中。

"宝贝，你喜欢这场参观吗？"

"很喜欢！只是太快了，我还想回去再看看。"

"亲爱的，这次当然不会再去，不过，下次可以再去看看。我听说甚至下水道也能参观。"

"是吗？你说的是真的？真的可以参观？"

"在魁北克城和蒙特利尔不行，但在巴黎可以。"

"嗯！味道一定不太好闻。"

"尤其是天又这么热……"

法国人还是有点怪怪的，竟然会大胆地导览这些东西。探索下水道，这就有点像是参观大型厕所，不是吗？

"现在我们干什么,妈?"

"时间不早了。我们先到大商场林立的市中心转转,然后慢悠悠地回去。怎么样?我想我们可以去看看是否有大减价……"

"可是,妈妈,我们已经去过两次'老佛爷'了。"

"是的,可我们还没去过'春天(Le Printemps)',也没去过'乐蓬马歇(le Bon Marché)'。"

"那是什么东西?"

"那是另外两个很有名的商场,离'老佛爷'不远。"

"可是,妈妈,你不会是逛商场逛昏了头吧?我觉得你这样很可能会让我们家破产。"

由我来对她说这番话,这也未免太滑稽了!

"绝对不是这样,因为这是我的工作。"

"你的意思是说,你的工作是用对新鞋和新款服装的巨大热情来让我们家破产?"

"当然不是,珠儿。我只是想去那儿看一眼,说不定可以买一两双鞋子,更新一下我的衣橱。它已经非常需要更新了,我10年没有买任何衣服了。"

"那我的衣服呢?"

"珠儿,我让你缺过什么东西吗?"

"没有。你别发火,如果你想去那就去呗。"

(我刚好想买一条新裙子。)

"不管怎么说,今晚没有任何安排,不妨……"

"我可有事。"

"什么事?你想去见阿尔蒂尔和他的朋友们?"

"理论上来说是这样。当然,在你同意的前提下。别忘了,我早上跟你说过。"

"你早就计划好了?"

"他们会在晚上7点到公寓楼下来接我,我们要去阿尔蒂尔的舅舅家里玩电子游戏。"

"晚上7点,太晚了。我不希望你晚上10点以后才回来。阿尔蒂尔的舅舅住在哪儿?"

"就在饭店上面。妈妈,我可以在晚上11点回来吗,就这一次?"

"好吧,那儿离我们住的地方倒是不远。由于你昨天晚上准时回来了,这事我会考虑的。但别让我失望,我不希望你超过我给你规定的时间,哪怕是1分钟。"

"没问题!谢谢我的小妈妈。"

我扑过去搂住她的脖子拥抱她。她心情好的时候,也完全可以表现得很可爱。

下午5点45分

我真的累坏了。老妈成了无可救药的购物狂,让我不得不担心:除了米饭、面条和玉米片,明年秋天我们是否能吃得起别的东西……春天商场几乎是老佛爷商场的复制品,包括屋顶的露台。至于价格,幸亏我们是在大减价时期来……我买了一个浅色的鹿皮手袋,带流苏和珍珠扣环(印第安风格),以及一双配套的凉鞋。至于妈妈,她手上提了多少袋东西我就不说了:三条长裙、两件短裙和两双鞋子,其中一双是很漂亮的高跟凉鞋。我在想,她准备为谁而穿……(是啊,如果整天把自己关在家里,在电脑上码字,在漂亮的衣服上花这么多钱,这不等于浪费吗?)在结束下午的购物之旅之前,我们还去了塞弗尔(Sèvres)路的乐蓬马歇商场。那家商场比前两家要小,但里面的东西往往更加时髦,也更昂贵。我们的怀里已经抱满了各种盒

7月21日星期四

子、袋子,购物的热情开始减退。

"你看见这款香水的价格了吗?"妈妈生气地问。

"200欧元……就香水而言是否有些贵?"

"太贵了,而且,我已经迈不动双腿了。"

"我也是。我饿死了!咱们回家吧?"

"稍等等,我还想再看看食品区。它叫'大食品杂货店',就在旁边。好像值得一看,那是巴黎最大最漂亮的食品店。"

"可是,妈妈,那也是一家豪华的食品店。忘了鱼子酱和鹅肝酱吧!我太想来一碗美味的意大利饺子了。别忘了,我晚上7点有约。"

"来得及!我们甚至可能还有时间去书店看看。我看见离这里不远就有一家书店,我想买一本素食菜谱。晚上你想吃兵豆和藜麦色拉吗?"

天哪……

我真想捶她一拳。有时候,她会非常让人受不了!

晚上7点

我和妈妈是晚上6点45分回到家的。我匆匆地吃了两块从楼下街头的一家意大利小店买的比萨饼。幸亏她没有强迫我吃她喜欢的兵豆色拉，否则我晚上9点都出不了门。不过，我还没来得及换衣服，阿尔蒂尔就到了。真倒霉！他准时按响了门铃。妈妈去给他开门。

"啊，晚上好，阿尔蒂尔！你还带来了朋友。"

"晚上好，贝鲁贝夫人。是的，我给您介绍，这是托马斯、尼古拉和加斯帕尔。"

"欢迎，小伙子们。进来吧，让我看看你们。进来呀！"

"妈妈，我们真的没有时间了！"

"朱丽叶，别生气。我只是想看看你今晚跟谁一起玩。小伙子们，你们想喝水吗？"

幸亏阿尔蒂尔这时出面帮了我：

"我舅妈在等我们，贝鲁贝夫人。她给我们准备了比萨饼。"

要是我能早点知道该多好!

"她太客气了!那你们就在家里玩了?"

"是的。我能晚上11点再送朱丽叶回来吗?"

"我还是希望她10点钟就回来。"

"求您了,夫人!现在已经7点了,我们还没吃饭呢!"

"嗯……"

老妈皱着眉头,似乎在思考什么大问题,就像有人问她3245除以735等于几似的……可怜啊!

"好吧!"

耶!

晚上8点

阿尔蒂尔有一台Xbox One电子游戏机①,我们在玩《滑板III》(Skate III)。我开心得像发了疯一般。很难打败阿尔蒂尔,但我轻易地击败了另外三个小伙子。咍咍咍……应该说,吉诺教了我和吉娜

---

① Xbox One,微软公司发售的家用游戏机。

许多招。我们每个周末都在地下室练习,不是在他家,就是在我家。

"哎,珠儿,明天的事,你跟你妈谈了吗?"托马斯很想知道。

"我已经跟她提了一句,"我说,"但她明天才能答复我。"

"你觉得她会让你跟我们一起去吗?"阿尔蒂尔追问道。

"我想肯定会的。"我撒谎说。

"真的吗?"尼古拉感到很惊讶。

"为什么不呢?她今晚都让我出来了。我们毕竟不是半夜才回去,不是吗?"

"请相信,灰姑娘,我一定会在午夜钟声敲响最后一下之前送你回家。"阿尔蒂尔信誓旦旦地说。

我脸红了,红得就像阿尔蒂尔的舅妈烤的比萨饼上面的番茄酱(顺便说一句,她烤的比萨饼好吃极了,尽管我吃了一块胃就开始求饶)。

7月21日星期四

晚上10点45分

被一个女孩打得落花流水,小伙子们感到很没劲,于是他们推开阿尔蒂尔房间里的家具,腾出地方来跳舞。我竟然能踩着不熟悉的音乐跳得很欢!况且大部分是法国歌曲。不过,我很喜欢斯特罗玛(Stromae)①。你知道他吗?我也喜欢英迪拉(Indila)②,那是来自印度的一个流行女歌手,托马斯让我听了她的《跑跑》(*Run Run*);还有波科拉先生(M. Pokora)③。这些音乐跟我平常听的太不一样了。别忘了女歌手莎恩(Shy'm)④,她的音乐节奏感很强,我觉得有点像玛丽-马伊。能同时和4个男孩一起跳舞,我挺开心的。托马斯目不转睛地看着我,我觉得他的舞跳得很好。阿尔蒂尔跳得也不错。尼古

---

① 斯特罗玛(1985—),比利时歌手、歌曲创作者,有卢旺达血统。
② 英迪拉(1979—),法国著名女歌手,原籍阿尔及利亚,有柬埔寨、埃及和印度血统。
③ 波科拉先生,即马特·波科拉(1985—),法国歌手、歌曲创作者。
④ 莎恩,即塔马拉·马尔特(1985—),法国当红女歌手。

拉有点笨手笨脚，常惹我发笑，我觉得他没有玩滑板时那么潇洒。至于加斯帕尔，他垂着粗大的双臂，显得滑稽极了，看起来好像是……一只猩猩！

突然，音乐停了！为什么？出什么事了？

"我要送你回去了，珠儿。现在已经10点45分。"阿尔蒂尔说。

"再等等嘛，我玩得正开心！"

"我答应你妈11点前送你回家的。我不能辜负她的信任。"

"唉，你真扫兴！晚5分钟能有什么事呢？"加斯帕尔抱怨道。

"不，阿尔蒂尔做得对。"托马斯插嘴说，"现在不是冒险的时候，否则明天晚上她就不能出来了。"

"赶快走。"阿尔蒂尔的态度很坚决。

"好吧！"我勉强同意。

显然，大家都把我当作一个孩子。这样下去就没意思了！

7月22日星期五

上午9点

如同我们来巴黎后的每天早晨，天气一如既往地晴朗，阳光灿烂，这一天一定也会……让人难忘！

"宝贝，裙子里面穿上泳衣。今天还是那么热，我想我们可以到沙滩上去，也许还可以坐船转一圈。"

"咦，怎么回事？巴黎有沙滩？"

"不是真的沙滩，但塞纳河畔有个活动叫'沙滩上的巴黎'。"

"场景？什么场景？你是说有表演？"

老妈笑了。

（难道我说了什么可笑的话？我可不喜欢别人嘲笑我……）

朱丽叶游巴黎

"我说的不是舞台上的场景,而是把巴黎分成两部分的那条河。^①

"我们已经在塞纳河上来回了好几次,昨天去乐蓬马歇就过河了。每年夏天,巴黎市政厅都会在乔治·蓬皮杜河堤路(la voie Georges-Pompidou)的艺术桥(le pont des Arts)到苏利桥(le pont de Sully)那一段倾倒好几吨沙子。"

"啊,真的吗?"

"真的。'沙滩上的巴黎'自2002年起,每年7月中旬到8月中旬举办。很有意思,不是吗?"

"是的!我们可以去游泳吗?"

"可惜不行,但我们可以去晒太阳。"

"太好了!"

上午10点30分

如果我告诉你说,我和妈妈穿着游泳衣,手里拿着汽水,躺在盆栽棕榈树之间的沙滩椅上打瞌

---

① 法语"塞纳河(Seine)"和"场景(scène)"发音相同,故有此误会。

睡，你会相信吗？但这千真万确！就在我们旁边，有一家人拿着水桶和塑料锹，在忙着建造沙滩城堡。稍远处，几个跟我同龄的青少年在进行排球比赛。魁北克现在是凌晨4点30分，所以吉诺和吉娜还在睡觉，说不定在阿根廷也是同样的时间。而阿尔蒂尔肯定在饭馆里帮他舅舅舅妈忙活。可怜的小伙子！至于托马斯、尼古拉和加斯帕尔，我想他们一定在忙着准备今晚我们娱乐所需的东西……

下午1点

"我再也受不了了！天太热了。"老妈突然大声地说。

"魁北克的气温也许要比这里低15摄氏度，而且很有可能在下雨，所以，你就别抱怨了。"我反驳她说。

"我们坐塞纳河上的游船去游览一圈，你觉得怎么样？"

"好啊！可以吗？"

"当然可以。来，跟我走。"

我抛弃我的沙滩椅（毕竟有点可惜），跳了起来。

"你要带我去哪儿坐船?"

"穿好衣服。要坐游船,必须去苏弗兰河堤路(le quai de Suffren)上游轮公司的登船码头。"

"哪儿?"

"那里,紧挨着埃菲尔铁塔。我们沿着塞纳河走过去。"

"我们可以沿着河岸一直走到埃菲尔铁塔?"

"当然可以,而且还很舒服。走吧!"

下午2点

在塞纳河边散步和闲逛确实很惬意。而且,一路都有树荫。晒太阳就算了吧,停止出一会儿汗有好处。

河边到处都是各种大小的船只,有的是私人的,但许多已被改成船上餐厅。(一说起餐厅,我就开始饿了!)快到埃菲尔铁塔的时候,我们看到一个跳蚤市场。古董商和其他商人在卖各种东西:黑胶唱片、旧书、旧首饰、小家具、衣服……老妈喜欢这种地方,所以我们停下来看一眼。我只希望她疯狂

7月22日星期五

的购物热情已经消失……

"妈,你想买什么?"

"嗯……也没什么特别想买的。啊,你看,这是伊妮德·布莱顿(Enid Blyton)①的一本书,《假期中的五伙伴》。"

"我从来没有听说过这个人,也没有听说过什么'五伙伴'。"

"那是我像你这样大的时候最喜欢的作家。我疯狂地爱上了这个系列的主人公们——四个表兄和一只狗,他们的历险故事真是精彩极了。我很想给你也买一只狗。"

(可能是20世纪70年代流行的一套丛书。这不就相当于恐龙时代的东西吗!)

"算了,我对'古董'不怎么感兴趣,尤其是在我饿的时候。那边有一个卖煎饼的亭子,我很想去买一块尝尝。你呢?"

这是一个大篷车似的小饭馆,柜台后面站着一

---

① 伊妮德·布莱顿(1897—1968),英国国宝级的"童书女王",她的书是"哈利·波特"系列的作者J.K.罗琳的启蒙读物。

男一女,向行人售卖甜的或咸的煎饼。我从来没有见过这么诱人的煎饼,香味让人垂涎欲滴,真的口水都要流出来了。妈妈好像并没有因为我不喜欢她心爱的旧小说而恨我。我想她也一样饿吧,因为她买了两个火腿奶酪煎饼!

"哎,那里有张桌子没有人。你过去坐着,给我们占位。"她命令我。

"好的。我可以要一个'能多益(Nutella)'① 巧克力酱煎饼吗?"

"吃完火腿奶酪煎饼再说。"

下午2点30分

坐下来还是很舒服的。天很热,我的脚都走肿了,布鞋好像也太紧了。妈妈坐到我身边时,我马上扑向食物。我喜欢在外面吃东西。这些煎饼看起来很好吃(尤其是涂了巧克力酱的煎饼)。我一下就吃完了一个,伸手去拿第二个。太好吃了,果然

---

① 能多益是意大利厂商Ferrero的榛子酱品牌。

没有让我失望。

"喂,珠儿!"

"……怎么了?"

"你怎么弄得到处都是!"

"扎么……弄得到处斗士?"(我满嘴食物,话也说不清了。)

"过来,我替你弄掉。你喜欢吃这东西?还想要吗?"

(我不喜欢在我满嘴东西的时候别人还问东问西,我显然无法回答问题,不是吗?)

"……哦……谢!"

下午3点

一吃完煎饼,我们就朝游船公司的登船码头走去,码头就在埃菲尔铁塔下方。我很高兴又见到了这个"巨人",而且这次看它的角度不同,这次是从下往上看。它太漂亮了!我从背包里拿出照相机,一口气拍了十五六张。只要还在巴黎,就要尽量多拍一些照片放在我的"脸书"上!

我们来到购票窗口,买了两张票。

许多人在等船,但船很大,我们很快就上了。太棒了!我再次仔细观察周围的乘客。唉,一个都不认识。有点不可思议,不是吗?不过没关系,我觉得现在又有钱又有名的人是我!所有人都上船后,船就开了。一个拿着麦克风的多语言导游开始讲解景点。我们在二层找了两个座位,是那种露天的座位。我的头发被风吹得张扬翻飞,但游船开动后带来的凉风确实很舒服。太开心了!

下午3点30分

从船上看去,巴黎的建筑显得格外美丽。我喜欢坐船,当然,前提是先吃几粒晕船药。很幸运,我有远见的妈妈随身带了晕船药。刚才吃煎饼的时候我已经服用了两粒。每次旅行我都会呕吐,因为乘坐交通工具时我的胃很脆弱,但我觉得这次能战胜它。耶!

"哎,妈妈,为什么把这条游船叫作'飞虫船(bateau-mouche)'?"

"这个词指的是用来运送短途游客的船。"

"那为什么叫'飞虫船'而不叫'蜜蜂船''瓢虫船'或'香蕉船'呢?"

"这个问题真把我给问倒了,珠儿,我真的不知道。"

(这是我那无所不知的老妈第一次被我问倒。哈哈哈!)

"我去问问别人。"她突然决定,说着就离开我,步伐坚定地朝驾驶舱走去。了不起的妈妈!她在那里肯定待不了太长时间,因为他们会把她当作一个冒失的女人。这一点可以肯定。

10分钟后,她回来了,一副自豪的样子。

"怎么样,你问了吗?"

"我有答案了,宝贝。之所以叫'飞虫船',是因为第一批游船是在里昂城南部'飞虫(Mouche)'街区的船坞里建造的。"

"原来如此!"

(这个信息显然在我的一生中都会非常有用……)

我陷入了沉思,开始了无限想象。

在坐游船参观途中,我们穿过了许多横跨塞纳河的桥梁。有些桥的铁栏杆上挂着成百上千把锁。我好像在什么地方读到过,人们把这些锁叫作"爱情锁",因为住在巴黎或来巴黎参观的情侣们习惯把刻着他们名字的锁锁在那里,然后把钥匙扔进塞纳河。

这很浪漫,不是吗?将来有一天,我也想这样做……突然,我的思绪飞到了吉诺那里。我在想,他在阿根廷怎么样了?接着,我又想起了阿尔蒂尔和他的朋友们,今晚就要和他们见面。我身上一阵颤抖。真的有点冷!

(我又想起了我在地下墓穴看到的堆成山的颅骨。这是已经说好的事!但愿老妈不会从我脸上看出我向她隐瞒了什么……)

下午4点30分

"宝贝,你今晚想干什么?"

"哎,妈妈,我跟你说过,我想跟阿尔蒂尔和他的朋友们去看露天电影。"

"对哦!去哪里看?"

"维莱特公园。每周三、四、五、六、日晚

7月22日星期五

上,公园管理处都会在草坪上放电影。"

"他们几点钟来找你?"

"晚上8点,电影是10点开始。"

"哎呀,太晚了!电影为什么不早点开始呢?"

"可是,天黑了才能放呀!9点半之前天还是亮的,要知道这是露天电影。"

(我觉得这很容易明白。)

"那你午夜12点之前都回不来……"

"阿尔蒂尔答应午夜12点之前送我回家。如果有必要,我们不等电影结束就回来。我不想让你担心。求你了,我的小妈妈,答应我吧!加上阿尔蒂尔的朋友们,我们一共5个人,不会有任何危险的。"

"我知道,但我担心也是有道理的,不是吗?你才13岁,我们又是在国外。"

她好像犹豫不决,下不了决心。这太让我生气了。她似乎忘了我昨天就跟她说过。现在,我想我得拿出我的绝招了……

"妈妈,求你了。我整天都陪着你,你去哪里我就跟你去哪里。现在,行行好吧,晚上给我一点自由,让我跟同龄的年轻人玩玩。如果你需要,我答应我们回魁北克之后,我每天都帮你做饭洗碗。答应我吧,我可爱的好妈妈。"

为了表示我是真心的,我还在她鼻尖上吻了一下。她喜欢这样,我知道!

"好吧好吧,既然你求我,我也只好同意。但午夜12点之前你必须回来,1分钟都不能晚。听清楚了吗?"

"我听得很清楚。我不会让你失望的,我发誓!"

晚上7点30分

我激动得浑身发抖,匆匆穿上牛仔裤、T恤衫和布鞋,把头发扎成马尾状,并在背包里塞进一件厚厚的棉背心,那是阿尔蒂尔建议的,因为地下20米可能会有点冷。一想到这我就感到冷了。我喜欢颤抖的感觉(当然,不能遇到真正的危险)。看来,今天晚上我们会过得很愉快。

晚上8点

我的朋友们准时按响了门铃。妈妈去开门。我发现他们好像并没有带什么东西,只是每人肩上背着一个轻轻的双肩包,而且,加斯帕尔没有来。

"晚上好,小伙子们!进来坐一会儿吧。"母亲邀请道。

"贝鲁贝夫人,我们没有时间了,"阿尔蒂尔再次表示道歉,"加斯帕尔在下面等我们。"

"加斯帕尔,就是那个一绺头发垂在眼前的小伙子?他为什么不跟你们一起上来?"

"我们带了不少野餐的东西,不想提着上楼。"

"哦,是的。当然,如果你们是打算去那里野餐……"

必须尽快离开这儿。阿尔蒂尔、托马斯和尼古拉不知道我跟我妈说我们是去看电影的。如果她问他们看什么电影,那我就完了!

"行了,如果我们还想按时回来,那就赶快出发吧!"我有点生气地打岔道。

"那你们走吧！晚上愉快，千万要照顾好我的朱丽叶——特。"

"您说什么？"

阿尔蒂尔惊讶地睁大眼睛。他不确定自己是否听懂了……肯定听不懂。你们感到惊讶吗？

"妈妈，你就不能像大家一样叫我朱丽叶吗？"

真的，我有时觉得她就喜欢这样，做些可笑的事情。

"你就不抱抱我吗？"

"我晚上12点再回来拥抱你。再见，妈妈！"

晚上8点05分

加斯帕尔确实在下面等我们，身上背满了东西。他担心我可能没有把一切都告诉我母亲，所以认为还是带着东西待在楼下好。我得承认，他想得很周到，尤其是那个大袋子里装着五个带头灯的安全帽，没有比这更可疑的了……

"你在哪儿找到这些东西的？"我问。

"我从我哥那里'借'来了仓库的钥匙，他和他的同事的设备都放在那里。"加斯帕尔漫不经心地吹了一下那绺叛逆的刘海。

"你是说他不知道我们今晚要去地下墓穴?"

"这跟他有什么关系吗?你呢,承认吧,你什么都没跟你母亲说!"

他笑了。我不喜欢他这样笑,不知道为什么。他身上有些忧郁、伤感的东西。好吧,我想,重要的是不要被人抓住。

"别告诉我你最后还是对你妈撒谎了。"阿尔蒂尔好像有点不赞成。

"那你呢?你对你舅舅舅妈说了你要去哪里了吗?"

"没有,但这不一样。"

"有什么不一样?"

"我是个男孩,而你是个女孩。"

"那又怎样?"

"我觉得事情很清楚!"

当然,我的眼睛看得很清楚。但这个小伙子,他蠢得像头猪!

"我也什么都没对我父母说。"托马斯承认道。

"我也没有告家人。"尼古拉补充道。

"在我看来，我们全都没有说。"我总结说。

同甘苦共患难的兄弟姐妹……

除了安全帽，小伙子们还带了手电筒、蜡烛、火柴和一些食物。阿尔蒂尔还带了一张床单，尼古拉带了音乐，也就是他的iPod和一个小音箱。这些东西可以让我们开一个真正的派对了，尽管由于心里忐忑不安（那都是因为撒了谎）而气氛紧张，我们5个人还是非常激动。

我们坐地铁一直坐到丹费尔-罗什洛站。下车时，想到妈妈还以为我是在前往维莱特公园的路上，我心里有点难受……但我很快就赶走了这种想法。

晚上8点30分

到了目的地，加斯帕尔没有带我们直接进入地下墓穴，而是把我们拉到马路的另一头，也就是蒙帕纳斯公墓的门口。

"我还以为我们会直接下地下墓穴呢！"尼古拉惊讶地说。

"你至少知道该怎么下去吧？"阿尔蒂尔问。

"我们总不能从游客进出的大门破门而入吧？"加斯帕尔反驳道，"你们别担心。我很清楚我在做什么。这里有一个更加隐秘的门。跟我来！"

一进公墓，我们就沿着墓穴旁的一条大道往前走。一个牌子告诉我们，这是爱弥尔·里夏尔（Émile Riohard）路，是巴黎唯一两边没有房子的马路。也没有任何活着的居民，我心想。喂，幽灵们，来客人了！

晚上8点45分

在这个时间点，公墓荒凉而阴森。我们都沉浸在自己的思绪中，一步步跟着加斯帕尔，一言不发。

突然，阿尔蒂尔停了下来，吓得我魂飞魄散。

终于，我们来到了一座很奇特的塔前，差不多到了墓地的尽头。太阳开始下山，突然藏在了乌云后面。天仍然很热，我大汗淋漓，但似乎要下暴雨。很奇怪，每次跟男孩晚上外出，天好像都要打雷。如果我迷信，我会认为这是一个凶兆……

"在这个时候，大部分游客已经离开了公墓，"

加斯帕尔说，"谁都不会注意到我们的。"

"这是什么塔？"我好奇地问。

"这是旧风车。"他告诉我说。

在巴黎市中心的一个公墓里如今还有一个旧风车，这让我感到好奇。我一个人窃笑起来。到目前为止，旅行一直很愉快，但就惊心动魄的程度来说，今晚的活动打破了纪录。

加斯帕尔从口袋里掏出钥匙，插进旧磨坊大门的锁孔，门马上就开了。我们察看了一下四周，才悄悄地进去，怕被别人看见。里面黑乎乎的，加斯帕尔把门关上以后，才从袋子里拿出手电筒。

"如果不想引起别人的注意，最好还是不要拧开手电筒。"他说。

加斯帕尔好像在寻找什么东西，他用手电筒在夯土地面上扫射着。地上散落着一些枯叶、树枝、小石子和其他碎屑。

"进口就在这里附近。"他说。

"真的吗？"我问。

"我们到底在找什么？"尼古拉问，他也用手电筒照着地面。

"找活动翻门。啊,找到了,在这里。小伙子们,快过来帮忙!"

加斯帕尔用手电筒照着一块铁板模样的东西,上面覆盖着垃圾,刻着"IDC"三个字母,和我们星期三晚上在马路上看到的那块牌上的字母一样。

"IDC是什么意思?"我问。

"意思是'采石场监察'。这是到下面工作的人使用的门。"加斯帕尔对我解释说。

尼古拉、托马斯和阿尔蒂尔用手帮助加斯帕尔扫清露出地面的一个盖子上的泥土和垃圾。当盖子完全露出来时,我们看见了一个应该是用作把手的铁环。

加斯帕尔抓住它,使尽全力往上拉。

"嗬!"

这个活动翻门应该很重,因为很难拉开。加斯帕尔使出了吃奶的力气,脸涨得通红,最后终于让生锈的铰链松动了。他把长长的活动门掀到了一边,我们5个人齐刷刷地朝里看,洞口下方是一道狭窄的螺旋状楼梯。

好冷啊!

晚上8点50分

加斯帕尔站起身来，打开大袋子，从里面拿出安全帽，分给众人。我也分到一个，可惜不是玫瑰色的……

"你戴这顶帽子很可爱。"阿尔蒂尔戴上自己的安全帽后，调皮地恭维我。

我羞得满脸通红。我不确定他的恭维是不是真心的。事实上，我的安全帽太大了，得用手扶着，不然会掉下来。好了，总算戴好了！但我又得暂时把它取下来，因为我要从背包里把那件厚厚的棉背心穿上。可惜我没有手电筒，而他们却人手一支。但我想这问题不大，况且安全帽本身就配了头灯。

加斯帕尔在下第一个台阶时建议说："我们下去看看里面有什么。"

尼古拉和托马斯紧跟在他后面，阿尔蒂尔颇有风度地让我走在他前面：

"美女，你先走。"

我小心翼翼地开始下台阶。阿尔蒂尔就在我后面，所以我感到很安全。我朝后面看了一眼，发现他身后的活动翻门并没有关上。呼，我偷偷地松了一口气。我想我现在已经不想整个晚上都待在地下了……昨天，跟老妈和几十个游客待在一起感觉很好，但今晚我不确定自己是否会喜欢这种惊悚的场面。我努力把精神集中到目前的任务上，即安全地走下这十几个台阶！我闭了一会儿眼睛，想驱逐突然向我袭来的不祥的预感。天知道我们会在这神秘的地下看到什么东西。妈呀！我到这里来做什么？

晚上9点

伸手不见五指，我们只能一边走一边辨认周围的东西。下了最后一个台阶，我们发现了一条一米高、半米宽的通道。面对这狭窄的过道，我颤抖个不停。站在我身边的尼古拉应该感觉到了，因为他抓住了我的手。

"行吗，小姑娘？"他用开玩笑的口吻问我。

"叫我珠儿，好吗？我的朋友们都这样叫我。"

我不能让他看出我有点害怕了……

但我有点后悔自己的态度这么冰冷。这不是不理睬尼古拉的时候！通道的顶部是那么低，尼古拉和阿尔蒂尔不得不弓着背、低着头。我希望很快就能到达昨天我跟妈妈参观过的那部分地下墓穴。

晚上9点10分

这条通道没完没了，长得没有尽头！

晚上9点20分

现在，我们到达了一个由几根柱子支撑的小前厅，那里有三条岔路。

阿尔蒂尔和尼古拉终于能直起腰了。

"你知道怎么走吗？"托马斯问加斯帕尔。

"当然，我来过。很简单，右拐。"

"你确定？"阿尔蒂尔有点不相信。

"绝对确定。别当胆小鬼，走！"

"什么，胆小鬼？"我打肿脸充胖子，"不管怎么说，这里没有一个是胆小鬼！"

7月22日星期五

右边通道的洞顶比刚才的还低,所以很难通过,而且地面有一道流水。我后悔没有穿橡胶靴子来。从这里走不了几分钟,我的布鞋就会湿透。不一会儿,我们来到了第二个厅,比刚才那个厅大一点。在这里,除了刚才的那条过道,我们面前又出现了五条新的通道。

尼古拉问加斯帕尔:"你敢肯定没有弄错吗?"

"肯定。"加斯帕尔信誓旦旦地说,并且吹开刚刚从安全帽里掉下来遮住了他右眼的那绺不听话的头发,"走,这次,我们要往左。"

"很快就到了吧?"我不耐烦地问。

"用不了几分钟了。"他安慰我说。

晚上9点30分

左边的通道把我们带到了另一个大厅。我们兴奋地发现,一面墙上都布满了股骨和其他长骨头,一些颅骨呈十字形排开插在其中。

"太好了!我们终于到了地下墓穴!"我忍不住大喊起来。

地下墓穴

"我早就跟你们说过嘛!"加斯帕尔自豪地说。

那个厅不大,但有四条通道,都装着铁栅门,但门都没锁。

"我觉得中间那条通道是通往主厅的。"加斯帕尔很肯定地说。

"中间的哪条?一共有四条。"阿尔蒂尔提醒他说。

"右边第二条。"加斯帕尔说。

到了走廊尽头,我们真的看到了一个比之前的地下室都要大的地下室,立着水泥柱。这个地下室又有三条通道,四周都堆满了骨头,我以为我们到了目的地,就在这时,一个细节引起了我的注意。

"奇怪呀,我昨天跟我妈来的时候,看见墙上都挂着马路的名字,但这里没有。"

"也许是因为我们还没到游览区,"加斯帕尔推理道,"跟我来,从这里走。"他选择了中间的通道,鼓励我们。

"等等,"阿尔蒂尔拦住他,"这个厅已经不错了,为什么不待在这里呢?我们带了音乐和食物,就在这里享受吧!总不能一晚上都这样乱逛吧?别忘了朱丽叶午夜12点之前必须回家。"

"可我想去游览区，"我表示反对，"在熟悉的地方我会感到更加安全。"

"朱丽叶说得对，我们要先弄清现在的位置。"尼古拉同意我的意见。

"问题是，我们越往前走，越有可能迷路。"托马斯却支持阿尔蒂尔。

"你们不过是一群落水的母鸡。"加斯帕尔挖苦道。

"问题不在这里，"托马斯并没有生气，而是想讲道理，"我们到这里来是为了听音乐和跳舞的，不是吗？"

"我不明白加斯帕尔为什么不赶紧再次向我们展示他在野兽舞方面的本领。"尼古拉一边开玩笑，一边模仿大猩猩走舞步的样子。

阿尔蒂尔和托马斯忍不住大笑起来。

"你这话到底是什么意思？"

加斯帕尔推了他的朋友一把，反问道："我的跳舞方式有问题吗？你不喜欢？"

"好了，别生气，朋友。我可以向你保证，你的舞跳得跟芭蕾舞演员一样漂亮。"阿尔蒂尔忍住笑逗他。

真是火药味十足,我心里暗暗发笑(这样更加礼貌)。不妨解解闷吧!

"我们还是跟着加斯帕尔去我昨天参观过的游览厅吧。"我做了决定。

"好吧。"朋友们一致同意,他们都尽量让我高兴。

晚上9点40分

右边的通道通往另一个大厅,那里有另外四条通道。加斯帕尔不像刚才那么信心满满了,这次,他把我们带向最右边的那条通道。我们来到一个宽阔的大厅,比前面那些大厅略高一点,几乎可以说是一个……点缀着尸骨的舞厅。可惜,我还是看不到写着街名的牌子,也看不到任何出口。我心里开始怀疑,但丝毫不敢流露出来。

"我们干脆就待在这个厅里吧?"加斯帕尔建议。

"我也觉得最好还是不要再往前走了。"尼古拉点点头。

"我还以为我们是来跳舞的呢!"托马斯插嘴说,他装出猩猩挠痒痒的样子,也想嘲笑加斯帕尔。

要是在平时,他这副样子肯定会逗得我发笑,但我现在突然感到有点疲惫。

"不管怎么说,我不想再往前走了。"我说,"我开始累了,而且很冷。"

"好吧,剩下的时间我们就在这里打发吧!"阿尔蒂尔和托马斯一致同意。

"朋友,我想在这里无法生火,"阿尔蒂尔告诉我,"幸亏我们带来了音乐,跳舞会让你变暖的。"说着,他抓住我的手,敏捷地带着我转了一下。

这个阿尔蒂尔太可爱了!我心软了,马上就露出了笑容。

"你还记得回去的路吗?"托马斯问加斯帕尔。

"当然,你把我当作什么了?"加斯帕尔吹了一下自己不听话的头发,回答说。

我看着四周的骸骨,心想,这些股骨和胫骨的主人曾经都是活生生的人;这些头颅原先都有头发，这些眼眶里原先都有眼睛。啊，我顿时浑身起了鸡皮疙瘩，我可不想被活埋在这个地下室里。谁知道呢？也许500年后人们才找得到我的尸骨。

晚上9点50分

我渴死了，而且有点饿。幸亏，男生们已经预料到这点。他们打开背包，开始往外掏吃的喝的。太棒了！阿尔蒂尔和尼古拉带来了火腿三明治、金枪鱼三明治和几瓶水，托马斯带来了几排健达牌巧克力和几瓶玫瑰柠檬汽水。美味！我喜欢。至于加斯帕尔，他先是从袋子里拿出一根长棍面包和一些鹅肝酱，然后是……六罐啤酒。万岁！

"朱丽叶，你要一罐吗？"他问我。

"嗯……"

"不能给她喝，"阿尔蒂尔制止了他，"她才13岁。"

"我14岁就开始喝了。"尼古拉炫耀说。

"也许，但珠儿才13岁还没到14岁，"托马斯说，"而且，啤酒并不好喝。这不是女孩喝的东西。"

可是，不！他们俩以为自己是什么人？

"我还是想尝一尝，"我说，"就一口。"

"我认为这样不好，"阿尔蒂尔批评我说，"如果你病了，你母亲不会原谅我的。"

"喝一口酒不会病的。"加斯帕尔大声说。

"他说得对。"我附和道，"来，加斯帕尔，给我一罐。"

加斯帕尔大大方方地把啤酒递给我。在喝之前我闻了闻。呃！确实不太好闻！我不该像个孩子。于是，我勇敢地把啤酒送到嘴边，挑衅地看着阿尔蒂尔和托马斯。他们俩好像很担忧。怎么了？我就不能乐一乐吗？

但我还是忍不住皱起眉头。我得承认，啤酒不太好喝……（有点像猫尿的味道……不不，我从来没有喝过猫尿，是我想象的！）

"现在你知道不好喝了。"阿尔蒂尔生气了。

"哪里。"我止住一个嗝，撒谎说。

为了转移他们的注意力，我闭了几秒气，然后喝了一大口，接着又是一小口。

"并不是太难喝。"我坚持说。

7月22日星期五

"你能把啤酒还给我吗?"加斯帕尔问。

阿尔蒂尔向我投来的那种不友好的目光让我很生气,我决定一意孤行。

"我想喝完它。"

"你爱喝就喝吧。"加斯帕尔友好地说。

他至少没有把我当作一个孩子。

"你要一罐吗?"加斯帕尔问尼古拉。

"要,老兄。"

"你呢,阿尔蒂尔?"

"不要,我不想喝。"我的这个朋友拒绝了。

"你要吗,托马斯?"

"谢谢。我还是喝汽水吧!"

尼古拉和加斯帕尔不再管我们,一边喝啤酒一边说起笑话来。

看到阿尔蒂尔和托马斯只喝汽水,我突然觉得自己拿着啤酒罐有点好笑。不过,算了,就这样吧!

晚上10点10分

我吃了半个火腿三明治,把剩下的啤酒都喝了,还吃了两排巧克力。我头有点晕,但不能告诉他们,大家正在兴头上呢!我们打开带来的东西,点燃蜡烛,灭了手电筒。尼古拉拿出了他的iPod和小音箱,斯特罗玛的歌声在我耳边响起。太棒了!《我们跳舞吧》的节奏魅力无限,难以抵挡。我非常喜欢《爸爸你在哪儿》。尼古拉突然站起来,邀请我跳舞。其他人也迫不及待地学我们的样子。我太高兴了!这地方比学校的健身房酷多了!

你在哪儿,爸爸你在哪儿?
你在哪儿,爸爸你在哪儿?
你在哪儿,你在哪儿,爸爸你在哪儿?

晚上10点20分

我的朋友们用手电筒模仿闪光仪,一下开,一下关。我从来没有这样跳过舞,高兴极了。我平时很害羞，现在都快不认识自己了。阿尔蒂尔好像在生我的气，但问题不大，因为托马斯在跟我跳舞。我是舞蹈王后！我酷毙了！（至少我是这样想的……）我太开心了！

晚上10点30分

我和英俊的托马斯跳着慢四步。他紧紧地搂着我，还是那样含情脉脉地看着我。突然，他趁我不防备，在我脸上吻了一下。啊！我感到很不自在，连忙把头扭开。我觉得时间地点都不对。我扫了一眼其他人，好在他们似乎什么都没看见。

晚上10点50分

我感到有些头晕，但我努力不去想它……也许坐一会儿，头就不晕了，情况会好转。突然，我失去了平衡，重重地坐在了地上……天哪！好像坐下来更糟。完了！还不如继续跳舞。但我要怎样才能站起来呢？幸亏，风度翩翩的托马斯在我身边，向我伸出了手。他太可爱了！我好像有点不舒服，但我不在乎。大家正在兴头上呢！

晚上11点

"该回去了，朋友们。"阿尔蒂尔提醒道。这家伙真扫兴！

"才11点，又不是回去跟母鸡睡觉。"加斯帕尔反驳道。

（我希望他说的不是我！真的，法国人好像用"母鸡"这个词来指代某些女孩……但也有人说，"和母鸡睡觉"的意思是"早睡"。要弄懂这些法国人，并不总是那么容易！天哪，我的头又晕了！）

"确实，时间过得真快，该去坐地铁了。"托马斯强调说，"别忘了，我们答应过12点之前送珠儿回家的。"

"再待一会儿吧！"我提议，想等自己好受一点再走，但又不好直说。

"阿尔蒂尔和托马斯说得对，咱们走吧，"尼古拉神情古怪地看着我，态度很坚决，"我想这个小姑娘一定累了。"

（他说的是谁啊？）

"该送她回去了。"阿尔蒂尔又说。

我讨厌别人用第三人称来说我。

晚上11点10分

小伙子们连忙收拾东西，准备离开。可惜，我一直无精打采，但死也不愿承认。所以，当阿尔蒂尔伸手要拉我起来时，我深深地感谢他。

"行吗，朱丽叶？"他轻声地问。

"当然行。"我打肿脸充胖子。

（其实，我有点想吐，双腿无力……）

晚上11点20分

我真想睡啊！我迫不及待想回家躺在床上。我们走了10分钟，阿尔蒂尔让我们对自己都产生了怀疑。

"刚才，我们不是从这里来的吧？"

"对，不是！"加斯帕尔好像也有点醉了。

"你说不是,可我认得出这根水泥柱,因为它在跟我额头一般高的地方有个缺口。"阿尔蒂尔坚持道。

"你有幻觉吧?算了,都走到这里了,我们继续吧!"尼古拉鼓励我们说。

"小伙子们,我不是瞎编的。我对你们说过,我们在11点10分出发之后,现在已经第二次回到这个厅了。"

"走走走,跟……跟着我,一切……一切都会好的!"加斯帕尔结结巴巴地说,安全帽斜扣在脑袋上。"我们左转了两次右转了一次,朋友们,我们不会迷路的!"

"你完全醉了。是的,你正把我们引向歧途。"阿尔蒂尔打断他的话。

"绝对不会。走!你别这样看着我们!不过我还是挺喜欢你的。你很了不起!我这么爱你真是不可思议。"

加斯帕尔一边说,一边去拥抱阿尔蒂尔。但阿尔蒂尔生气地把他推开了:

"朋友,我觉得你也喝多了。"

"呃!"加斯帕尔打了个嗝。

晚上11点30分

"快到了吧?"我双脚都迈不动了,问。

"别担心!"阿尔蒂尔安慰我说。他的声音很奇怪,他一边说一边伸出胳膊扶我,不让我倒下去。

走在最前面的加斯帕尔停了下来,困惑地看着面前的两条路。

"这里本来应该有三条路而不是两条的,我搞不懂了。"

"'我搞不懂了'是什么意思?我们迷路了还是怎么的?"托马斯问,声音都变了。

"别发火,老兄,让我好好想想是否在哪里走错了路。"加斯帕尔辩解道。

"'走错了路'?你是说你不知道我们现在在哪里?"尼古拉慌了,"嗨,我们不会要睡在这里吧?明天中午我要跟一个美女约会呢!"他吹牛说。

"鬼才信你,"托马斯嘲讽道,"你不如承认,如果你午夜12点之后回去,你妈会扭断你的脖子。"

"你们还是闭上嘴,让我好好想想吧!"加斯帕尔生气了。

"你肯定自己没问题吗,珠儿?你的脸突然苍白得厉害。"阿尔蒂尔发现了。

"大家都别看着我,否则我会以为自己真的生病了!"

"呕,哇!哇!我很抱歉。"我看着自己刚刚呕吐到地上的东西,声音微弱地道歉说。

晚上11点45分

"我母亲会杀了我的!我感觉到了……"

阿尔蒂尔从袋子里拿出床单,铺在地上,让我坐在上面。我头昏脑涨,心里慌张,"完了!天哪!真是一场噩梦!"

"加斯帕尔,再好好回忆回忆,"托马斯鼓励他说,"我们得尽早把朱丽叶送回家。"

"否则她吐出来的东西会把我们淹没的。"尼古拉故意夸大说。

"我也很想回忆起来啊。但要做到这一点,就得回到我们来的地方。"加斯帕尔说。

"如果我们迷路了,那肯定就回不到来的地方了。"托马斯脱口而出。

"请不要慌张。你们会把小姑娘吓坏的!"阿尔蒂尔夸张地威胁道,"加斯帕尔,你坐下,好好回想一下路线。"

(谁是"小姑娘"?他们竟然敢不尊重我!就因为我吐了?这真的太没风度了!)

"这正是我现在在做的事,"加斯帕尔承认说,"我想一定是刚才在有五条岔道的大厅里弄错了。问题是我不知道怎么走回去。"

"怎么,你心里没谱?"尼古拉说,"那好,我们一起去找。"

"现在不能分开。"阿尔蒂尔警告说,"最好是在这里等,最后肯定会有人来救我们的。"

"总之,今晚是没指望了。"加斯帕尔使劲摇头。

"你告诉过什么人,说我们今晚在这里吗?"阿尔蒂尔问,"比如说你哥哥?"

"嗯……没有。如果他知道我'借'了他的工作器材,他会杀了我的。"

"你呢,尼古拉?"

"我对谁都没有说。阿尔蒂尔,你说了吗?"

"我也没有说。你呢,托马斯?"

"我也没有跟任何人说。"

"那好,朋友们,我们恐怕要遭难了[①]!"阿尔蒂尔说。

"唉,倒霉,我没想到要带床单来。"加斯帕尔感到很遗憾。

"带什么?"我天真地问。

"床单……"

---

① 原文直译为"在肮脏的床单中",法语俚语,表达陷入困境的意思。

7月23日星期六

午夜12点

我又渴又累。幸亏还有东西喝。阿尔蒂尔把他那瓶水递给我,让我喝了一口,但接着就说,此后要定量供水了。"我们不知道要等到什么时候才会有人来救援,"他解释说,"如果我们一下子把我们的东西都吃光,我们会活不了多久的。我还剩下两瓶矿泉水和一瓶汽水,而我们有五个人。"

"我把我的那份留给朱丽叶。"尼古拉转身对我说。

"哦,鼓掌!超级英雄!"托马斯讽刺道,"我敢打赌,你在这里过了一个晚上后就会后悔的。"

他好像真的打算在这个……阴森的……陵墓中过夜!我顿时浑身冰凉。不,我要出去!

"如果我们大喊,也许有人会听到我们。"我出了个主意。

"算了吧,小姑娘。我们在地下20米的地方。"加斯帕尔阴郁地反对说。

谁是"小姑娘"?他们终于惹恼我了!哼!

"不过,明天上午,地下墓穴不是会开门迎接参观者吗?"我抱有希望。

"当然,这是一种选择,但前提是我们不能离游览区太远。"尼古拉说,他脸色阴沉得像坟墓。

"你的意思是,我们有可能离那里很远?"我大声地说,肚子里又恶心起来。

"他无非是想吓唬你,"托马斯握住我的手,安慰我说,"问题是我们根本不知道自己在哪里。不过,请相信我,有我在你身边,你永远不会丢失的。"

我很愿意相信他……

凌晨1点

我都不知道现在是白天还是黑夜。我裹着阿尔蒂尔的床单,坐在地上,好像被钉子钉在那里好多年了。

"你最好还是躺下,恢复一下体力,"阿尔蒂尔劝我,"黑夜可能非常漫长。你还感到恶心吗?"

我摇摇头,昏昏欲睡,然后接受了他的建议,轻轻地躺在了地上。运气好的话,我醒来时,噩梦已经结束。在完全睡熟之前,我隐约听到他们在激烈地讨论,准备明天早上兵分几路,这样找到路或求救的可能性会更大一些。

凌晨5点

我睁开眼睛的时候,四周一片漆黑。我在哪里?霎时间,我以为自己是在魁北克自己家的床上。后来,我闻到了一股潮湿的土味,才慢慢地想起来:我和阿尔蒂尔以及他的朋友们在地下墓穴里,我们迷路了。

"啊!"我大叫起来。

"朱丽叶,你怎么了?没事的,我就在你身边。"

阿尔蒂尔说着,搂住我想安慰我。我紧紧地靠在他身上,渐渐平静下来。知道他就在我旁边,我放下心来。

"这里这么黑,为什么把手电筒都关了?"

"为了节省电池。从明天早上开始,我们一次只开一支手电筒。设法再睡吧,现在没有比这更重要的事情要做了。"

我惊讶得说不出话,明白了我们的处境是多么难料。假如我们的手电筒全都没电了,却仍没有人发现我们呢?想到我们可能要在黑暗中摸索几天,寻找逃生的出口,我就吓得浑身发抖。妈妈!我怎么会蠢到这种地步,不告诉她晚上去哪儿呢?全都是我的错,我活该。想到这里,泪水哗哗地流下来,打湿了我的脸颊。我们可能全都会死在这儿!

"珠儿?"

"……"

"哎,别哭了,"阿尔蒂尔抚摸着我的头发,轻声地说,"我们会出去的,相信我。我会照顾你的。"

阿尔蒂尔的话只让我得到了一点安慰,我又号啕大哭了一阵,然后才沉沉入睡,自然是噩梦不断。

7月23日星期六

上午7点

我梦见自己来到一条隧道里,几个一身霉味的亡灵在后面追赶我。他们的身体残缺破碎,一块块皮肉拖在身后。我都快被吓死了!当其中一个亡灵用爪子一样的手抓住我,像摇李子树一样摇晃我时,我发出了恐怖的叫声。

"啊——"

"喂,朱丽叶,醒醒!你在做噩梦。"阿尔蒂尔对我说。

嗯?谁在说话?我在哪儿呢?我睁开眼睛,发现自己仍然躺在地上,阿尔蒂尔在我旁边,手放在我的肩膀上。我突然回想起来,意识到了我们面临的悲惨现实。啊,不!

尼古拉、托马斯和加斯帕尔坐在阿尔蒂尔旁边。只有一支手电筒照着大厅,可以说,我是根据这些不幸的伙伴的身体轮廓猜到他们坐在那儿的,而不是真的看到了他们。从昨天起,我们就在这巨大的地下墓穴里迷路了,谁也不知道我们在这里。

真是个灾难！就像在灾难墓穴中一样！（苦笑……）

上午8点

小伙子们争论得很激烈。加斯帕尔和尼古拉建议大家分成两拨。

"这样可以提高我们找到出口的概率。"这是加斯帕尔的理由。

"但也会让营救工作变得更加复杂，"阿尔蒂尔脸色阴沉地反对说，"昨天晚上我们已经讨论过，不要旧话重提了①。"

"什么地毯？"尼古拉冷着脸调侃道，"昨晚的地面那么坚硬，弄得我全身发紫，就像豌豆公主②……"

"你们真的认为会有人来寻找我们？"我充满

---

① 原文直译为"又把东西搬回到地毯上去"，法语俚语，表达旧话重提的意思，故有下文引申。
② 出自安徒生童话故事《豌豆公主》，一个娇生惯养、肌肤娇嫩敏感的公主。

希望地问。

"不,"尼古拉失望地说,"让我们清醒一点吧,谁也不会来寻找我们,因为没有人知道我们来到了地下。"

"但你哥哥会不会发现你偷了他的装备呢?"托马斯问加斯帕尔。

"也许,但不会在星期一上午之前。"加斯帕尔低着头,说得很肯定,"我们不可能自己找到出口。唯一的希望,是巴黎警察总局干预与保卫组的警察。"

"那是什么组织?"我问。

"那是警方的一个特别小组,任务是监控地下墓穴。"阿尔蒂尔告诉我说。

"这个小组,他们周末也工作吗?"

"我对此毫无概念,可怜的珠儿。"阿尔蒂尔承认说。

我觉得这种希望非常渺茫。是的,我显得很可怜,不仅是因为我会在这地下隧道里饿死渴死,而且,万一我能活着从这里出去,我母亲肯定会扭断我的脖子。无论是哪种情况,我都会死得很难看。可怜啊！在此之前，我们显然不得不在地下度过白天，尽管我很不情愿。结束了，面对陌生人的激动！结束了，做违禁事带来的兴奋刺激。这事也告诉了我，对母亲撒谎会有什么后果！吉娜早就警告过我。

上午9点

由于没有更好的主张，我们决定集体行动。地下墓穴里很冷，动一动可以让我们暖和一点。潮湿的味道让我感到恶心，我又头疼了。前一天晚上喝了酒，这似乎是正常的，但我觉得很羞耻。还渴得要命，阿尔蒂尔只给我喝了三口水……

我们所在的大厅有三条通道，我们可以选择原路返回或走另外两条通道。

"我觉得我们应该往回走。"阿尔蒂尔说。

"我倒认为应该往前走。"加斯帕尔表示反对。

"我的意见是，我们分开走，"尼古拉又说，"一组往右，一组往左，原路返回没有任何意义。你怎么看，托马斯？"

"我想我们昨天就已经决定不分开。为什么不在我们所经之处留下标记呢？你们知道，在小拇指的故事中，小拇指在身后撒了一些石头，所以找回了原路。"

"好主意！"另外三人齐声大喊。

他们不征求我的意见，这让我很生气。我刚好也想到了这个办法，但被托马斯先说了。《小拇指》（*Le Petit Poucet*）真的是我最喜欢的童话之一。

上午10点

昨天晚上我们离开搞派对的地下室时，把餐后垃圾和空瓶空罐都放在塑料袋里，打算一回到地面就把它们扔掉。现在都由阿尔蒂尔拖着，所以我们有满满的一袋东西可以作为"痕迹"留在身后，让警方知道我们在哪里。太棒了！我们每离开一个地下室，就在所走的通道门口留下标记。

"如果负责监控地下隧道的警察发现我们，我们不单会因未经许可入内而被罚款，而且也会因为在地下墓穴扔垃圾而受罚。"阿尔蒂尔痛苦地警告我们说。

"要罚多少钱?"我问。

"一个人60欧元。"他说。

他这个人太让人泄气了!

下午1点

我们走了一上午,好像找不到任何出路,这样下去我们全都会饿死渴死的。于是我们决定停下来清点一下昨晚野餐后还剩多少食物。

"我还有半个金枪鱼三明治。"加斯帕尔说。

"我还有半条巧克力、三个苹果、一袋炸薯条和半瓶水。"阿尔蒂尔一一数道。

"我也有一袋薯条,还有一瓶汽水和一板巧克力。"托马斯说。

尼古拉一脸苦相地说:"我只有一瓶水了。"

我搜了搜棉背心的口袋,找到了剩下的一包口香糖。耶!

"谁要?"我自豪地挥动着那包口香糖。

谁都没有回答。好吧,那就我自己留着吧!

"大家听好了,"尼古拉说,"我不想让你们扫兴，但我们现在不能把所有的食物统统吃光。天知道我们还要在这里待多久，所以要严格安排每餐的食物。我建议把剩下的食品都收集在一起，指定专人负责。"

"很遗憾，尼古拉说得有道理。"阿尔蒂尔表示支持，"我们能不能活下去，可能就靠这些食物了。"

"我建议由阿尔蒂尔来负责这些食物。"托马斯说。

这场历险的结局肯定很惨。在一片死寂中，我们把剩下的食物都集中在一起，阿尔蒂尔把它们分成两半，一半留着，另一半分给我们作为简单的午餐。我开始感到害怕了，我……

吃完寒酸的午餐后，我们投硬币决定走哪条路，并在路口放了一个空薯条袋，作为标记，然后继续前行。

下午5点

我们走了一下午，我的双腿都快站不直了。可怜可怜我，让这个噩梦赶快结束吧！一连串的过道和地下室好像没完没了。难道我们永远也看不到尽头？这真是一个迷宫。

"我敢打赌，我们来过这里。"阿尔蒂尔大声地说。

"怎么会？"托马斯和加斯帕尔齐声问。

"你们看这个装薯条的袋子！这是我们刚才放在这里的。"

"你确定吗？"我追问道。

"我确定。"尼古拉信誓旦旦地说，"这说明，我们一下午都在原地打转，没有前进一步。"

"而且可能还要在这里待一个晚上。"阿尔蒂尔预言道。

"啊，不！"我快要发疯了。

我们筋疲力尽，垂头丧气，决定不再往前走，至少先休息几个小时。

晚上7点

在剩下的那几支蜡烛的微光下，我们在地下墓穴度过了第二个晚上，并且做好了再在那里过一个晚上的心理准备。我得说，我们远远没有昨天晚上那么开心了，用我母亲的话来说，昨天晚上是"欣悦"之夜。为了保持斗志，我们听起了音乐。

"我的iPod的电量可能支撑不了一整个晚上，但至少在它没电之前，我们可以好好享受。"尼古拉说。

"哥儿们，你们想跳舞吗？"加斯帕尔装出很亲切的样子。

我在想他是否也把我包括在"哥儿们"当中。如果是，那还差不多；否则，他以为自己是谁呢，老是无视我的存在。

总之，没有一个人回答他。显然，我们都没有心情。我很想知道老妈在做什么。现在，她肯定已经报警了！她会去阿尔蒂尔的舅舅舅妈家里找我，然后和他们一起去警察局。找到我们之后，我妈起码会有一年不让我单独外出。我很好奇，想知道假如我们失踪，她会有什么反应。我摇晃着脑袋，想赶走脑海里悲观的想法。这一切都很可笑。人们会找到我们的，我和妈妈可能会在圣诞节上拿这件事开玩笑。至少我是这样希望的……

财富是根据什么来衡量的？只要我能从这里出去，能听到母亲一大早把我从床上拉起来，嘴里大喊着"朱丽——叶——特"，催着我去上学，我愿意献出我今年圣诞节的所有礼物，再加上过去几年的圣诞礼物和我房间里的一切，包括衣柜里的所有衣服。

晚上8点

我们对于不幸保持豁达的态度，并利用四周的特殊气氛，互相讲述吓人的传说和惊悚故事。

"你们知道吗，巴黎的地铁站有几个'幽灵站'？"阿尔蒂尔说。

"你去过？"尼古拉打断他。

"阿尔蒂尔没有乱说，我父亲也跟我说过，"托马斯说，"有几个站好像没有出现在地铁图上，因为自第二次世界大战以来那几个站就废弃不用了。"

"真的吗？"我很感兴趣，"那一定很有意思。我们可以去参观吗？"

"我想不行。"阿尔蒂尔给我泼了一盆冷水。

"是吗？那它们就更吸引人了。"

"那几个站好像有时用来拍电影。"托马斯说。

"唉,我们迷路真是太可惜了,本来我们可以去寻找那些车站的。"我说。

大伙都笑了。难道我说了什么可笑的话?

"别告诉我们你还想到地下参观!"尼古拉讽刺道。

"很高兴,珠儿,你既没有失去幽默感,也没有失去历险的爱好。"阿尔蒂尔恭维我说,并向我伸出掌心,想和我响亮地击掌。

我高兴得脸都红了。

"你知道吗?虽然你在地下隧道里待了24小时,你还是跟你在家里刚刚起床时一样漂亮。"托马斯很绅士地说。

"……"

我的脸更红了。和四个小伙子一同被关在地下,这不算是最糟的吧?

"我不知道我们在什么地方,"尼古拉也说,"但巴黎国家歌剧院下面好像有个地下湖。"

"歌剧院里有幽灵出没?"我忍不住问。

"千真万确,"尼古拉接着说,"你没有听说过?"

"我们去那里参观的时候,我妈悄悄地跟我提了一下。"

"幽灵好像在那里养了鱼,给自己当食物。我们如果碰到他,至少有东西吃。"

"千万别提鱼,你让我们都感到饿了。"阿尔蒂尔声音嘶哑地说。

"鳄鱼可以吃吗?"托马斯问。

"我妈说,鳄鱼的尾巴很好吃,她吃过。"我说得很肯定,"为什么这么问?"

"据说这些隧道里有一条。"

"哼!你在niaiser我?"

这么一聊我就更饿了。如果真的有鱼,有鳄鱼,我会把它们全吃掉的。想到这里,我又流口水了。

"你刚才说了句什么?'你在niaiser我?''niaiser'是什么意思?是魁北克的用语吗?"

我大笑起来。

"是的,是魁北克用语,意思是'愚弄'某人。"

想想别的事情,不要老是纠结眼下的麻烦,这样对我们有好处。

"啊,魁北克的朋友,我可一点都没有'niaiser'

7月23日星期六

你啊。人们真的说过地下墓穴里有一条鳄鱼。"

"这显然是民间传说的,"加斯帕尔说,"但据我哥讲,地下有下水道,起码有500万只耗子住在那里,也就是说地面的居民平均每人两只。"

"啊,耗子,好像是可以吃的哦!"尼古拉始终是那副样子。

"喂,住口!这太让人恶心了!"

(我开始感到放松了,但他和他的耗子确实让人恶心!)

"还有人说,吸血鬼也住在这个地下墓穴里。"阿尔蒂尔说。

"谁说的?"我问。

"很多小说都这么写,"阿尔蒂尔告诉我,"你听说过莱斯塔特(Lestat)①吗?"

"没有啊。"

"那是18世纪的时候化装成吸血鬼的一个年轻的法国贵族。故事发生在一个剧院里,剧院的地下藏着一群吸血鬼,他们给生者进行表演。据说,尽

---

① 莱斯塔特,美国作家安妮·赖斯的小说《吸血鬼列传》中的吸血鬼。

管人们把那个剧院烧了以消灭那些吸血的恶魔,但其中一些吸血鬼至今还在这些地下室里出没,寻找受害者。"

啊!我感到后背直冒冷汗。"朋友们,请注意!谁有十字架、圣水和大蒜吗?"我问。

我偷偷地笑了。不管怎么样,我最后还是度过了一个美好的夜晚。当然,我是就当时的环境而言……那些小伙子,他们太帅了!我先是想着这些事,然后突然想起了妈妈。她是否能找到办法让我从这里出去?当然能!可怜的妈妈,她一定为我担心死了……我的心开始狂跳,表面的快乐突然消失了。尽管她给我取了不少小名,她仍然是世界上最好的妈妈。至于我父亲,我很想知道他是什么样的……他死了吗?他一直活着还是像我们周围的这些尸骨一样已经深埋在地下?将来有一天,我得大胆地问问妈妈。

晚上10点

尼古拉的iPod电池用完了,这进一步让我们觉得逐渐与文明世界失去了联系。我也慢慢失去了时间的概念。我又饿又困。阿尔蒂尔说现在已经晚上10点了，该睡觉了，否则明天会没有力气和精神的。要知道，我们困在这里已经超过24小时了。我觉得这简直难以相信。这也意味着阿尔蒂尔已打算再在地下过一天……今天我们只吃了一点点东西，已经饥渴难忍。尽管我提出了抗议，阿尔蒂尔仍然只给我们每人两口水和一点点巧克力作为晚餐。他向我们强调，如果想坚持到底，就得为明天留点食物和饮用水。"坚持到底……"照阿尔蒂尔的说法，这种状况好像还得持续好几天似的！情况让人绝望！

有句俗语是这样说的："睡觉可以忘记饥饿。"由于缺乏食物，我们开始躺下来，准备在这里过第二个晚上。我觉得自己身上很脏，很想洗个热水澡，然后穿上干净的睡衣，睡在柔软的床上，抱着我心爱的小象。那头灰色的海绵小象，我很小的时候就每天晚上都抱着它睡觉……

"行吗，珠儿？"

"……"

"你睡了吗，朋友？"

"呼呼……"

7月24日星期天

凌晨2点

当我们这几个人又累又失望、紧紧捏着拳头睡觉时,熟悉这类事情、对巴黎的地下迷宫了如指掌的干预与保卫组的35个警察分成了6个小组,每个小组从不同的入口进来,对所有的通道进行大搜索,为了找到我们。那些男女警察个个训练有素,但他们碰到了一个大问题:在这个地下深度,任何无线电系统或电话网络都失去了作用,他们之间无法进行联络。要解决这个问题,唯一的办法是不时地回到地面,通过无线电定位,然后再下去搜索。

地面上,在蒙帕纳斯公墓的旧磨坊里面,我母亲和加斯帕尔的哥哥以及阿尔蒂尔的舅舅舅妈都快急死了。妈妈已经24小时没有合眼了,焦急万分,这从她脸上就可以看出来。昨天凌晨1点,她就穿过马路,到阿尔蒂尔的舅舅舅妈那儿打听情况。凌晨1点30分,三个人就忧心忡忡地去警察局报案。

在13区和20区,托马斯、尼古拉和加斯帕尔的父母也分别报了案。警察各分局一通气,很快就把这些年轻人联系了起来。加斯帕尔的哥哥也报告说,他去旧磨坊塔楼的钥匙和安全帽都不见了。

上午8点

我睁开眼睛,有那么一会儿,没有意识到自己是在什么地方。是在我魁北克老家的床上?可床垫这么硬,可能不是在家里。那是和妈妈在巴黎的公寓里啦?啊,不,我回到了现实当中。

我仍然和阿尔蒂尔、托马斯、尼古拉和加斯帕尔在地下墓穴里。我们迷路了,忍饥挨饿。那4个小伙子还在我身边熟睡。尽管我没有看见他们,但能听到他们有规律的呼吸声,然而,我还是感到巨大的孤独。我想起了妈妈、吉诺和吉娜。他们现在在做什么呢?四周一片漆黑。难道我永远也见不到他们了吗？我想起来就吓得浑身发抖。恍惚间，我甚至友好地想起了里莱特姐妹和我二年级时的数学老师皮塔戈尔先生。唉，我真倒霉！我应该听吉娜的劝。该死！有时，我真的很愚蠢！

上午8点05分

我一定是在不知不觉中手脚乱动了，因为伙伴们一个个都被吵醒了。

"没事吧，朱丽叶？"阿尔蒂尔不安地问。

"没事，但我快饿死了。"

"我明白，我也很饿。你想你妈了？"

"嗯。"

（这个"嗯"是什么意思？是肯定的意思吗？）

"有点……"

"你知道，我也想我妈了。"

"真的？"

"当然是真的。想到我可能再也见不到她了，我……"

他的声音好像突然沙哑了。这么说，他没有撒谎。我刚才还怕自己被当作一个娃娃。

"我听到你们在说什么了!"加斯帕尔告诉我们,"我也饿了。朱丽叶,你可要当心了。你是年龄最小的,我们很有可能会决定……先吃掉你!"

他皮笑肉不笑的,那种笑……邪得很!

"嘿,加斯帕尔,你真无聊!"

好像这是真的似的!我们都已经在地下墓穴了,他的黑色幽默算得了什么!想吃我,亏他想得出来!糟糕的是,我听说在海难者中发生过这种事!幸存者在绝望中最后好像吃掉了饿死者的尸体。天哪!我想我会更加悲哀!

上午8点15分

我们不慌不忙地伸伸懒腰,一个个坐了起来。现在只剩下三支手电筒还有电了,其中两支装在安全帽上,所以只打开了一支……我们满心忧虑,心情沉重地吃掉了带来野餐的最后一点食物,每个人只喝了一口水。我知道,没有食物,我们可以坚持许多天,但没有水,我们似乎活不了多长时间。在我们饿死渴死之前，是否有人能把我们救出去？

在手电筒的微光下，不幸的伙伴们个个愁眉苦脸，看得出他们受到了多大的打击。阿尔蒂尔一脸严肃，但表情不算太悲观；托马斯似乎又忧伤又沮丧；尼古拉比平时更沉默，神色阴郁，谁都不看一眼；至于加斯帕尔，他紧张得让我感到惊慌，有一点点动静他就惊跳起来，一个人自言自语。希望他不要做蠢事！我不知道自己是什么样子，但又想起了母亲，想起万一我真的遭遇不测，她会多么伤心！自从我出生起，她就一直唠叨，说我是她宇宙的中心，没有我她就活不下去。我觉得这有点夸张，但想到这里，我还是很难忍住自己的眼泪。终于，一滴眼泪流了下来，挂在我的脸上。我急忙用毛衣的衣袖擦去它，并利用这个机会悄悄地吸了一下鼻子。啊！味道真怪，我身上发臭了！无论如何，我需要洗个澡。得找办法从这里出去。

7月24日星期天

上午8点30分

今天早上,谁也没有说话,大家都避免看别人。最后,还是加斯帕尔第一个打破沉默:

"哎,我们今天上午做什么?"

"'做什么'是什么意思?你是说到维莱特公园去踢足球吗?"尼古拉咄咄逼人地说。

"冷静点,老兄。我是说,我们是动还是不动?时间在一分一秒地过去,情况变得越来越糟了……我不知道你们怎么样,但我开始绝望了。"

"动还是不动,嗯?地下墓穴之王,难道你没有更好的建议吗?你不是认为自己对这些通道了如指掌吗?是你把我们带到这里来的。我们在等着你带我们出去呢!"

"尼古拉,冷静点,"阿尔蒂尔温和地说,"冲动无济于事,所以别吵了。"

"我们现在所遭受的一切都是这傻瓜的错,"尼古拉怒呛道,他显然火冒三丈,无法控制自己,"最后总得有人教训他吧!你满意了吧,加斯帕尔?"

"尼古拉,你发火是因为你害怕了。这很正常,"托马斯插嘴道,"可是,骂加斯帕尔,我觉得没有任何意义。如果好好想想,我们就会发现,大家都陷入了困境,谁都不比谁更无辜。"

"行了,和事佬,自己待在一边去想吧!"尼古拉回敬道。

"全都是我的错。如果我没有向我妈撒谎,她就肯定不会让我来,我们也就不会在这里了。"我大哭起来,泣不成声。

"你尝过我拳头的滋味吗?"托马斯咆哮道,恶狠狠地瞪着尼古拉。

"好了好了,"阿尔蒂尔把我搂在怀里,轻轻地拍着我的后背,安慰我说,"我们都向父母撒谎了,而且,是我把你拖到这件事情里面来的。冷静点,没事的,你看着吧,我们会出去的。我醒来时就觉得今天一切都会解决的。我们会离开这里的,我向你保证。我们会找到出口,或者会有人来找我们……"

阿尔蒂尔的话让我好受了一点。我明白如果我崩溃了,只能让事情变得更糟。平时,我没这么软弱的。嗯,我是个女冒险家,一个著名的环球旅行者!

我吸着鼻子站起来,想重整形象。吉诺、吉娜和妈妈看到我像个胆小鬼那样精神萎靡会不高兴的。我绝对不会死在这里,不会死在巴黎,像吉姆·莫里森这个迷路者那样。我是跟"大力士"同韵的"珠儿",而不是跟"懦弱者"同韵的"朱丽叶"。①

"你以为在300公里长的迷宫里找到自己的方位很容易吗?"加斯帕尔继续为自己辩解。

"救助队也会遇到同样的问题。"尼古拉也支持他。

"他们可能需要几个星期,至少也要几天。"托马斯预测道,声音里透着失望。

"行了,小伙子们!"我忽地站起来,打断他们的话。我的声音突然坚决起来,连我自己都感到惊讶,"有一件事可以肯定:如果继续争吵,我们会比死好不了多少。团结起来,我们的力量会更加强大。(嗨,我也会喊口号了!)在目前这种情况下,我们比任何时候都需要彼此。我们年轻、充满

---

① 法语中"珠儿(Jules)"跟"大力士(Hercule)"同韵,"懦弱者(mauviette)"跟"朱丽叶(Juillette)"同韵。

活力和智慧。我们5个人只要一起努力,最后一定能找到出口!"

"珠儿说得对。"阿尔蒂尔赞同道,他被我说服了。

"是的,珠儿说得有道理。"托马斯也肯定我的说法,脸上露出了笑容。

"很抱歉,我不知道我刚才怎么了,请原谅。"尼古拉羞愧地道歉说。

"是的,她说得对,"加斯帕尔也表示赞赏,"咱们就这样说定了,珠儿。你是我们当中最小的,却是我们当中最优秀的。"

"我同意她的意见。"托马斯也鼓起勇气说,显得很真诚。

"太好了,珠儿!"阿尔蒂尔和尼古拉齐声说,他们神奇地恢复了热情。

大家互相击掌,发誓不再争吵。击掌声是那么大,好像会让我的耳朵痛一个星期。至少!我脸上火辣辣的。突然,我感到自己更自信了。吉娜将为我感到骄傲。看吧,关键时刻我也可以表现得很出色!

7月24日星期天

上午9点30分

经过一番谈论,结论很明显:最好的办法就是行走,目的是保持身体的温度。而且,运动会让人觉得时间过得快些。阿尔蒂尔建议继续在身后撒垃圾,以便告诉可能经过那里的救援人员或其他地下墓穴爱好者,我们就在那里。大家一致表示同意。

"我们就不能根据这些标记原路返回吗?"我建议道。

"为什么要原路返回?你这是什么意思?"阿尔蒂尔问。

"在自然课上,那时我还是一年级的学生,老师告诉我们说,如果迷路了,最好待在原地不要动。显然,这会大大增加被人找到的机会。"

"你是说,待在原地,哪天真的会有个救援队来找我们?"尼古拉低声说,有些不太相信。

"是的,"我说,"千万不要失望,我还有一个办法。你们猜,今天早上我把手伸进背包里的时候,摸到了什么?"

我嘴上挂着笑,晃动着一个厚厚的笔记本和一支钢笔。我把书包倒空,在塞进背囊之前,把笔和本子塞进了书包的一个空格里。

"可你这个厚本子有什么用?"加斯帕尔低声问,他跟尼古拉一样持怀疑态度。

"往回走将非常容易,至少在我们已经留下痕迹的那些地方,我是说留下垃圾的那些地方。这样,我们将离原出发点更近。我们可以在练习本上画下行动路线,以便开始前进之后,比如说,朝每个方向都走一公里,能轻而易举地后退。"

"她说得有道理,"托马斯指出,"而且,加斯帕尔的哥哥从父母那儿得知我们失踪的消息后,会猜到我们有可能在这里。"

"托马斯和珠儿说得对,"阿尔蒂尔也承认,"哪怕可能性很小,我们也不能失去希望。"

"我们可以在所经的每个地下室都留一张纸,上面写上我们5个人的名字、今天的日期和时间,告诉他们要找到我们,应该沿着我们所留下的垃圾走。说不定今天有个维修队或检查小组下来呢!"

"你的乐观精神值得赞赏,珠儿。"尼古拉热情地说。

"是的，我们应该尝试一切可能的办法。"

阿尔蒂尔表示同意。

"这样做显然没有坏处。"托马斯也说。

"行，朱丽叶，我觉得你的计划很好。"加斯帕尔也赞同，"非常好！"

加斯帕尔能这样赞扬我，我感到特别高兴。我突然觉得自己十分强大，不可战胜。

"小伙子们，我们一定能出去的! 走, 跟着我！"

我在地上留了一张字条，便头也不回地离开了这间地下室，小伙子们都跟着我。

下午3点

我们差不多又走了一整天，走得精疲力竭，才停下来休息一下。我们达到了目的，也就是说，回到了昨天上午出发的地点，就是在那里，我们决定在所经之处放置标记。还是没有救援人员的任何痕迹。饥渴会扑灭我们的热情吗？我都已经感觉不到自己的双腿了，我累坏了，情绪开始变得低落……

不！我要重新振作精神，应该做出榜样，我不是"懦弱者"。

"我再也走不动了。"托马斯呻吟道。

"我累得就像跑了一场马拉松。"阿尔蒂尔也哀叹道。

"我渴死了。"加斯帕尔说。

"我饿死了。"尼古拉抱怨道。

"哎，你们看！"我大喊道，"那里好像有一股泉水从石头缝里冒出来！"

确实有一道细流一直流到了地上，然后又消失在缝隙中。我把嘴凑近那块神奇的石头。啊，我从来没有喝过比这更甜的水！大家都轮流喝了。随着水流入喉咙，我们慢慢恢复了体力。我从来都不知道人竟然能渴成这个样子。据说，在非洲的某些国家，水罕见到每天都有人渴死。显然，我和朋友们比他们幸运得多。

我们躺在地上，头枕着背包，利用这宝贵的时间默默地思考着自己的命运。慢慢地，我们开始进入半睡状态。我尽量不去想这一事实：我们只剩下两支手电筒能用，其中一支现在正亮着……如果我们处于一片漆黑之中，那会怎么样？我想起了母亲，想起了她温柔的笑容和富有光泽的金发。如果哪天能重新见到她，我要跟她说的第一件事，就是，她是多么美，我有多么爱她！

下午5点

突然，一个轻轻的响声打破了沉默。这个声音先是很弱很远，后来慢慢地越来越近。天哪！我第一个从地上弹跳起来！

"你们听到了吗？"我大声地喊，"好像有人来了！"

"嘘！"阿尔蒂尔命令大家，"好好听！"

"她说得对！"托马斯说，"是有人！"

"如果我们能听到他们，"尼古拉信誓旦旦地说，"他们也能听到我们。"

"大家一起喊！"加斯帕尔建议道。

我们立即使尽全力大喊：

"帮帮我们！救命啊！"

"到这里来！"

"我们在这里!"

"有人吗?"

"我们迷路了!"

太幸运了,突然有个声音回答我们:

"你们继续喊,我们来了!"

我高兴得大叫起来,扑到阿尔蒂尔和托马斯怀里,加斯帕尔和尼古拉也大喊着拥抱我们。大家兴奋地一起跳凯旋舞。我们脱险了!这太好了!

隧道尽头响起了脚步声,我还听到了说话的声音,然后一道强光晃得我们睁不开眼睛。我们得救了!

"他们在这里!警察,不要动!"刚才那个声音命令道。

这次,我觉得这声音很威严,一点都不友好。当他带着另外两个头上顶着大灯、手里拿着枪的警察闯进地下室时,我确信他的脾气真的不太好。

"你们被逮捕了。别动!"

悲惨啊!

7月24日星期天

下午5点15分

确定我们的健康都没问题（谢天谢地）之后，三个警察押着我们向最近的出口走去。其实……那是一个下水道的入口，就在离我们所在地下室500多米远的地方。要到达那里，我们得钻进一条又矮又窄的通道，而且还要一个挨一个排着队，身体弯成两截。好在有个警察走在我们面前，用一支大手电筒照着路。到了路的尽头，我们看到一些金属铁链绑在一根烟囱似的东西上，"烟囱"直冲天空。这是通往天堂的阶梯！我们自由了！前面的警察敏捷地第一个爬上楼梯，然后轮到我和我那些不幸的伙伴。另外两个救星殿后。我的心怦怦直跳，就像遇到了凯文·巴齐内特①本人！

救援人员在上面伸出手臂把我拉了上去。我眨眨眼睛，发现我们是在马路中央。光线刺得我睁不开眼睛，我已经不习惯了……然后，我听到一个熟悉的声音在大喊：

---

① 凯文·巴齐内特（1991— ），加拿大流行歌手兼作词人。

"让我过去!你们让开!我说了,那是我女儿!朱丽叶!朱丽叶!是我!我在这儿!"

下午6点

我母亲说个不停,两种态度不断变化。她抽泣着,不是神经质地把我紧紧地搂在怀里,就是狠狠地摇晃着我的身体。但重新见到她我太高兴了,所以并不怎么生气。我只是希望她不要再骂我了,不过……

"我可怜的孩子,你难道昏了头了?在进行这么疯狂的冒险之前你怎么一点都没有想到我呢?你怎么了?你知不知道我这两天惊恐万状,在这漫长的两天中,我一直在做噩梦?天哪,你好像瘦了!你看你都变成什么样子了!一个小脏鬼!一个真正的小坏蛋!我已经做好最坏的打算……就是永远失去了你!而我是多么爱你!"

如果她那天平静下来,我也许会对她说我是多么后悔……(可是,我这是在做梦!我以为我们的重逢将像好莱坞的电影一样动人!有时,成年人不够强大……)

7月25日星期一

上午9点

人们说,巴黎是一座光明之城。今天上午,它比任何时候都要明亮。温柔而慰人的阳光,从打开的窗户一缕缕照进来,抚摸着我的脸。啊,多么美好啊!

妈妈说,我和那些小伙子昨天没有被送进监狱,这已经是很幸运了。事实是,警察知道我们全都未满16岁时,便只对我们发出严肃警告,并罚我们每人50欧元……

我们的那个小组没有机会互相告别就分开了,这让我感到很伤心。我们的不幸遭遇把我们紧紧地联系在了一起……母亲拦了出租车把我带回住处。暖暖地淋了一个浴,又饱饱地吃了一大盘肉酱意大利面之后,我便上床睡觉了,深深地感激母亲让我能享受这样舒适的生活。今天早晨,我醒来的时候,母亲就在我身边,我的小象玩具就在我和母亲之间。太美好了!现在,妈妈正在给我烙饼,那香味让我真的感觉重获新生。在地下墓穴度过了我在巴黎旅行的一大段时间后,我觉得这并非微不足道。

这是我们在巴黎的最后一天。昨天,妈妈已经装好了行李……我们今晚就得离开。想到在出发之前不能再见到阿尔蒂尔和其他人,我就感到很伤心。

妈妈向我保证说,阿尔蒂尔的舅舅舅妈严厉地惩罚了他,其他人恐怕也一样。

可怜的阿尔蒂尔!可怜的托马斯和尼古拉!但愿不要对他们太严厉了,因为是我坚持跟加斯帕尔去地下墓穴的。至于加斯帕尔,他让我永远不想再欺骗母亲,更不想再喝啤酒充好汉了……

"经过这两天的痛苦考验,我不想带着这种不好的印象离开巴黎。这里有那么好的地方,所以我决定去看看巴黎地区最美丽的瑰宝之一,这将消除我们不愉快的回忆。"

"好啊。我们去哪?"

"穿好衣服,我带你去参观一个城堡。"

"真的?"

"真的,但不是随便哪个城堡,而是全欧洲最漂亮的。"

"啊!"

我喜欢城堡!

上午11点30分

我们去了凡尔赛宫(Château de Versailles),那是我到目前为止见过的最辉煌、最炫目的宫殿。(她说得对!)丰特纳城堡跟它是没法比的!这话是我说的。(我不是说丰特纳城堡不好看,它当然很漂亮,但跟凡尔赛城堡比起来就小得多!)凡尔赛宫是全白的,到处都金光闪闪的!(我在想那是不是真金……)现在,我们走在花园里。花园很大!绿色的草坪上矗立着数十座白色的雕像。哇,我都不知道该如何形容。你们得亲自去看看才行!它比童话电影中的还要漂亮!巨大的喷泉流水澄澈,金色的小天使雕塑展翅欲飞,给人们带来一种安详的气氛。而且,天气非常好,太阳好像把全部的光芒都洒到了我的四周。天空纯净澄澈得都不像是真的。跟凄惨的地下墓穴相比,我和母亲在这里是多么幸运啊!别忘了,我昨天还在那个鬼地方受难呢!

"妈妈,以前住在这里的是谁啊?"

"宝贝,凡尔赛宫的建设,最初是为了显示路易十四国王统治时期的辉煌。"

"我不知道路易十四是什么人……"

"就是那个叫'太阳王'的国王。他是奥地利的玛丽-泰莱丝的丈夫,他们有三个女儿和三个儿子。你懂的,他们是当时的名人。你想去城堡里面参观一下吗?"

"啊,当然!"

下午1点

在城堡里,我们参观了国王的房间。在另一个套间里,我们又参观了王后的房间(法国的王后们好像是当着整个宫廷的面生王子的。这样没有丝毫隐私,当王后应该也没有多大意思……幸亏,我的志向在别处!)。我们周围全是金子、金饰、雕塑

7月25日星期一

凡尔赛宫

和装饰品。这般富丽堂皇,让我惊讶得合不拢嘴。

最主要的厅堂,注意了,竟然是一个叫作"镜廊"的舞厅。妈妈说,那是用来迷惑访客的。它由17扇窗户组成,墙长达70米,上面挂满了镜子,好像共有57面。哇!这真是镜子的世界啊!但这还不算什么。最令人叹为观止的是天花板上有数十盏精雕细刻的水晶分枝吊灯,整个大厅灯火通明。无法用词语来形容它的美!我从来没有见到过这么迷人的东西。我喜欢光亮!

下午2点45分

母亲看了看表。难道她现在就想走?

"是这样,宝贝,如果我们抓紧点,可能还有时间再到老佛爷商场去最后转一下。你觉得怎么样?"

"妈——妈!"

不,是我在做梦,还是她真的在购物方面失去了自控力?我突然在想,到底谁是母亲谁是女儿!

"好了好了,那就算了!"她红着脸说。

真像个小女孩!

下午3点

我们依依不舍地回雷翁·福洛路的公寓。要离开凡尔赛,首先要坐郊区火车,然后再转地铁。最后一次走进巴黎的地下时,我忍不住发抖了。千万不要突然停电!幸亏,我们并没有在那里停留很长时间。

地铁车厢里有张海报,上面写着:

爱情无法解释!

它就是这样,

不知来自何处,

突然抓住了你。

我坐在座位上陷入了遐想。我很喜欢巴黎,喜欢它的秘密和宝藏,但想到要回到我熟悉的世界,我也并不伤心。在魁北克,吉娜在等我,吉诺也很快就要从阿根廷回来!夏天并没有结束!我们还有机会去做很多事。我可能会想念阿尔蒂尔和他的伙伴们,但是……妈妈的声音打断了我的思绪。

"这是埃迪特·皮娅芙歌中的歌词。"她告诉我说。

"什么?"

"你刚刚念的那几句诗。她来自埃迪特·皮娅芙的歌曲。"

"埃迪特·皮娅芙是谁?"

"一个很出名的法国女歌手,你出生之前她就去世了。我们在拉雪兹神父公墓见过她的坟墓。你忘了?"

"没有。(其实我已经忘得一干二净!)对了,妈妈,我想问你一件事。"

"什么事,宝贝?"

"我爸爸,他现在还活着吗?"

她突然喘不过气来,然后说:

"我们回家再说。"

晚上7点

回公寓里拿了行李后,我们坐出租车去戴高乐机场。司机友好地提议最后再带我们逛一下巴黎。整个巴黎都在我的眼前一一闪过:埃菲尔铁塔、白色的石头建筑、巴黎国家歌剧院、林荫大道……

我回顾了在巴黎的这个星期,想起漆黑的地下墓穴，当然，也想起我见过和经历过的美好的东西：这里所结下的友谊、尝过的新菜、凡尔赛宫及其辉煌、太阳王、古斯塔夫·埃菲尔和他几乎要碰到天空的办公室，还有玻璃圆顶璀璨耀眼的老佛爷商场……妈妈可能也从自己的角度想到了这些，因为她也像我一样默默无言，至少是到现在为止。

"不管怎么样，我们做了一次非常美好的旅行，宝贝！"

"啊，是的，但愿我们能在家里安安静静地待一段时间。"

她惊叫起来，露出惊讶的神色。

"别对我说我没有跟你讲过这事。"

"讲过什么事？"

"你在地下墓穴搞派对的时候，《环游世界》杂志的主编联系我了。"

"真的吗？他对你说了些什么？"

"下月初我又要出差了。"

"啊，不！我还以为终于能跟朋友们待一段时间了呢！"

"来得及，我们半个月以后才出发。"

"半个月后就要出发?这次又要去哪里?"

"等回到家我再告诉你。"

显然,她还有很多事情要告诉我……

晚上11点

我们是在晚上10点30分登上飞机的,飞机现在刚刚起飞。从天上看下去,巴黎现在就像一个小村庄,而当我们步行或乘地铁时,它却显得那么大。我擦掉脸上的眼泪。再见了,巴黎!再见了,我的朋友们。也许哪天我们还能相见,但在这之前,我在心中为你们留了一个暖暖的位置,直到永远。

XOXO![1]

---

[1] XOXO,网络用语,意为"亲亲抱抱(kisses and hugs)"。

跟着朱丽叶游巴黎

巴黎旅游小贴士

人们把巴黎称为"光明之城",也许是因为它拥有大量的美景和宝藏。人们可以在那里看到数百万种好东西,而我还有很多地方没有参观。啊,是的!除了埃菲尔铁塔和卢浮宫之外,还有很多地方可看。最好还是亲自走一趟。要真正认识巴黎,必须去很多次(巴黎有20个区)。将来有一天我还会回去,这是肯定的。我希望你也能去。在这之前,你可以在这个小贴士中找到我所喜欢的地方和景点的地址。

巴黎是法国的首都。这你可能已经知道,但你是否还知道它是欧洲人口最多的城市之一?200多万人生活在巴黎,如果算上郊区,大巴黎区差不多有

1200万居民。很大,是吗?

巴黎一直吸引着全世界的游客和艺术家。它是法国文化的象征,每年接待近3000万来访者。来自世界各地的画家、音乐家、作家和著名影星纷纷来此居住,并且在这里找到了灵感。巴黎是艺术之都、奢侈品之都和时尚之都,也是历史与现代之都。巴黎是一颗国际之星。

来到巴黎,前往巴黎市中心

根据航空公司的不同,你可能降落在戴高乐机场(l'Aéroport Charles-de-Gaulle),也可能降落在奥利(Orly)机场或伯韦(Beauvais)机场。戴高乐机场是巴黎最大的机场。它位于弗朗斯地区的鲁瓦西(Roissy-en-France),距巴黎北部约30公里。奥利机场排名第二,位于巴黎南部15公里处。伯韦是小机场,在巴黎以北80多公里处。人们可以从机场乘坐出租车、公共汽车、小巴士和RER到达市中心。

巴黎有六个大火车站:里昂站(La Gare du Lyon)、东站(La Gare de l'Est)、北站(La gare du Nord)、圣-拉萨尔站(La gare Saint-Lazare)、奥斯

特里茨站（La gare Austerlitz）和蒙帕纳斯站（La gare Montparnasse）。里昂火车站是巴黎最重要的火车站，火车主要开往法国南部、阿尔卑斯山地区、意大利、瑞士和摩纳哥；东站主要是来往法国东部、德国、瑞士和奥地利的火车；北站的火车主要来往里尔、布鲁塞尔、列日、蒙斯、安特卫普、伦敦和阿姆斯特丹；圣-拉萨尔站主要是来往巴黎与诺曼底的火车；蒙帕纳斯站和奥斯特里茨站的火车主要开往布列塔尼、法国西南部和西班牙。

钱　币

法国从2002年1月起采用欧洲统一货币欧元。7种纸币都有欧盟的12颗星：最小的是5欧元，灰色；接着是10欧元，红色；20欧元，蓝色；50欧元，橙色；100欧元，绿色；200欧元，棕黄色；最后是紫色的500欧元。硬币有8种：2欧元、1欧元是银色的；0.5欧元、0.2欧元、0.1欧元是金色的；0.05欧元、0.02欧元、0.01欧元是青铜色的。

交 通

汽车也许是最差的交通工具,欧洲常常如此,巴黎也不例外。坐汽车出行,哪怕是坐出租车都是灾难!不过,公共交通倒是非常方便,甚至可以说值得赞赏。根据目的地的不同,首选地铁或RER。RATP[①]独自管理着14条地铁线,数百个地铁站分布在巴黎各区。每个站的进站口都可以买地铁和RER的车票,甚至在机场也有得卖。最划算的是买10张联票。(要注意,出站之前一定要保留好车票,因为谁也不知道什么时候会碰到查票员。罚款可是很厉害的!)

参 观

你对巴黎抱有幻想,这无疑是对的。古斯塔夫·埃菲尔的杰作雄伟壮丽,老佛爷商场也在等待你。

但是,值得一看的地方太多了,你至少得跑一年才能看个遍!以下仅仅是几个建议:

---

① RATP, 巴黎大众运输公司(Régie Autonome des Transports Parisiens)的法文缩写。

巴黎圣母院（Notre-Dame de Paris）

你一定会喜欢这个中世纪的哥特式建筑，尤其是如果你看过华特·迪士尼公司那部以它为故事背景的电影，又想仔细看看檐口上的动物雕像和怪兽的话。这个教堂矗立在塞纳河正中段，在巴黎的摇篮西黛岛上。你想想啊，花了170年才完成这一建筑，这意味着一代又一代泥瓦工、石匠、建筑师、雕刻家前赴后继地工作和努力。

地址：巴黎圣母院广场6号（6, parvis Notre-Dame），让-保罗二世广场（place Jean-Paul II），75004

网址：http://www.notredamedeparis.fr/

地下考古墓室（La crypte archéologique）

这个墓室位于圣母院广场下面，呈现了高卢-罗马时期的街道与房子，当时巴黎被称为卢泰西亚（Lutèce），公元前27年由奥古斯都统治。一场真正的时间之旅！

网址：http://www.crypte.paris.fr/

卢浮宫（Musée du Louvre）

没见过《蒙娜丽莎》等于没到过巴黎。那是世界上最著名的油画之一。卢浮宫在成为博物馆之前，是法国国王居住的宫殿，所以建筑很豪华，值得一看。位于内院的金字塔是巴黎被人拍摄最多的景点之一。儿童和学生参观博物馆是免费的，这可是大好事。要注意，里面人多得很！幸亏，排队还能买得到票。附近的杜伊勒里花园（le jardin des Tuileries）你一定会喜欢。夏天，人们在那里举办集市、嘉年华，会有旋转木马和巨型摩天轮。

地址：巴黎里沃利街（Rue de Rivoli），75058
网址：http://www.louvre.fr/

卢森堡公园（Jardin du Luxembourg）

卢森堡公园是一个极美的绿洲，位于第6区中心，那是一个非常漂亮的区。这个公园是巴黎最美、最令人惬意的公园。如果你愿意，你甚至可以租一艘迷你帆船，让它在大水池里航行……

地址：巴黎美第奇街／沃吉拉尔街（Rue de Médicis/Rue de Vaugirard），75006

入口：埃德蒙·罗斯坦广场（place Edmond Rostand），安德列·奥诺拉广场（place André Honnorat），吉讷梅路（rue Guynemer），沃吉拉尔街

地下墓穴（Les catacombes）

如果你也想参观地下墓穴，请注意一定要在正式参观的时间去！骸骨堆每天10点到20点对外开放。1786年关闭的英诺森公墓的尸骨都搬运到了这里。据说这里容纳了600万人的遗骸。简直是座骨山！

地址：巴黎亨利·罗尔–唐吉上校大道1号（1, avenue du colonel Henri Rol-Tanguy），75014

网址：http://www.catacombes.paris.fr/

巴黎的下水道（Les égouts de Paris）

这可能会让人觉得不可思议，但参观巴黎的下水道不是不可能！在地下通道里，有些牌子上还标出了下水道所流过的马路名称。

入口在第7区的奥塞河堤路（quai d'Orsay）93号。

网址：http://www.egouts.tenebres.eu/visite.php

拉雪兹神父公墓（Père Lachaise Cemelery）

这是巴黎最著名的公墓。你能在这里找到许多名人的坟墓，比如肖邦、莫里哀和莫蒂里安尼等。我们打赌，你父母一定不会错过吉姆·莫里森的坟墓。吉姆·莫里森是大门乐队的歌手，1971年在巴黎去世。

地址：巴黎雷波路16号（16, rue du Repos），75020

网址：https://pere-lachaise.com/

巴黎恐怖庄园（Le Manoir de Paris）

想了解更多关于巴黎的传说，或寻找刺激，我建议你到巴黎恐怖庄园看看，这里有演员表演各种传说中的情景，肯定会让你不寒而栗。

地址：巴黎天堂路18号（18, rue du Paradis），75010

网址：http://www.lemanoirdeparis.fr/

巴黎国家歌剧院（Opéra national de Paris）

歌剧院位于加尼耶宫（Palais Garmèr）里，这是一栋既漂亮又神秘的建筑，就在老佛爷商场旁边。可以请向导讲解。

地址：巴黎斯克里普路8号（8, rue Scribe），歌剧院广场（Place de l'Opéra），75009

网址：https://www.operadeparis.fr/

维莱特公园（le parc de la Villette）

这个巨大的市内公园是家庭聚会和年轻人聚会的好地方。游戏场所、租船处、露天电影、科学与工业城，可推荐的活动很多。

地址：巴黎让·若莱斯路211号（211, avenue Jean Jaurès），75019

网址：https://lavillette.com/

凡尔赛宫（Château de Versailles）和凡尔赛公园

如果你有时间去参观这两个地方，它们一定会让你目不暇接，因为可看的东西太多了。我尤其推荐你们去镜廊看看，并且从那里欣赏花园。

地址：凡尔赛阅兵场（Place d'Armes），78000

网址：http://www.chateauversailles.fr/

餐 饮

不要害怕吃蜗牛、鹅肝酱、牡蛎、青蛙腿、猪血肠或内脏，情况没有想象的那么糟。在巴黎，什么都能找到，这里的人什么都吃。无数饭店提供各种特色菜肴，只要你想象得到，他们就做得到，大家都吃得起。这是珠儿我说的！（巴黎不愧是世界的美食之都，甚至也可以在那里吃到意大利面！）每个区都有许多面包店（我酷爱黄油羊角面包和巧克力面包）、甜品店、肉店、奶酪店、小饭馆、香料店，它们各具特色，给顾客提供极丰富的高质量食品，不但能满足胃口极大的食客，也能满足味蕾最刁钻的美食家。

巴黎的咖啡和露天咖啡座很出名，有很简单的，也有很高级的，这成了巴黎的习俗与传统。坐下来喝一杯，看看动态的巴黎生活，是一种乐趣。绝对要尝的东西：用酵母发酵的长棍面包、卡蒙贝尔奶酪、馅饼、各种香肠、农场走地鸡、法式奶油焗马铃薯、法式洋葱汤、火腿奶酪吐司、马卡龙小圆饼、焦糖奶冻……太好吃了！你一定会喜欢的！最后，如果你碰巧来到11区,想向我的朋友阿尔蒂尔问个好,那就请你父母在梅拉克饭店门口停一下。

地址:巴黎雷翁·福洛路42号,75011

网址:http://bistrot-melac.fr/

朱丽叶游巴黎

巴黎简史

巴黎最早是个小村庄,一群巴黎希人住在西黛岛,后来罗马殖民者来此定居,把它命名为卢泰西亚。接着,法兰克人取代了罗马人。巴黎圣母院是中世纪时期建造的。1253年,索邦大学(l'Université de la Sorbonne)迎来了第一批学生。埃菲尔铁塔建于1889年,地铁启用于1900年。巴黎的历史在继续……

巴黎编年史

前300年　巴黎希部落在西黛岛现址安家。

前52年　罗马人征服巴黎,将其改名为卢泰西亚。

200年　罗马人建造了竞技场、公共浴堂和别墅。

1163年　开始建造巴黎圣母院。

1253年　成立索邦大学。

1430年　圣女贞德在巴黎战败,然后被活活烧死……

1516年　《蒙娜丽莎》的作者达·芬奇在弗朗索瓦国王一世的邀请下定居巴黎。

1559年　第一批路灯出现在巴黎,据说巴黎因此被称为"光明之城"。

1682年　"太阳王"路易十四将王宫搬到凡尔赛城堡。

1702年　巴黎被划分为20个区。

1789年　攻占巴士底狱,颁发《人权与公民权宣言》。

1793年　逮捕国王路易十六和王后玛丽-安东奈特,并把他们送上断头台。

1804年　拿破仑加冕。

1889年　巴黎万国博览会举办前夕,埃菲尔铁塔落成。

1898年　皮埃尔·居里和玛丽·居里发现镭。

朱丽叶游巴黎

1900年　　巴黎地铁开通。

1906年　　建造老佛爷商场主建筑的大圆顶。

1940年　　第二次世界大战中德国人占领巴黎。

1944年　　巴黎被盟军解放。

1989年　　庆祝法国大革命两百周年。

2002年　　欧元取代法国法郎。

20××年　　朱丽叶游览巴黎。

20××年　　你到访巴黎。

问　卷

（考考你是否记住了本书的内容）

1. 1559年，在巴黎街头发生了一场大变革，人们甚至说此事让巴黎获得了"光明之城"的美誉。那是什么大事？

A. 万国博览会

B. 教皇到访

C. 奥林匹克运动会

D. 街头出现了第一批路灯

2. 以下名人中，谁没有在巴黎定居过？

A. 查理·卓别林

B. 吉姆·莫里森

C. 阿美迪欧·莫蒂里安尼

D. 维克多·雨果

E. 莫里哀

3. 罗马人给巴黎取了一个什么名字？

A. 巴黎希

B. 卢泰西亚

C. 光明之城

D. 帕拉巴斯

4. 陈列在卢浮宫博物馆里的那幅著名油画《蒙娜丽莎》是谁画的?

A. 达·芬奇

B. 阿美迪欧·莫蒂里安尼

C. 萨尔瓦多·达利

D. 巴布罗·达利

5. 巴黎圣母院是哪个时期开始建造的?

A. 19世纪末,跟埃菲尔铁塔一样

B. 20世纪,迪士尼电影《巴黎圣母院的驼背人》上映之时

C. 中世纪

D. 第二次世界大战末

6. 小说《巴黎圣母院》是谁写的?

A. 因迪娅·德雅尔丹

B. 达·芬奇

C. 维克多·雨果

D. 布莱恩·佩罗

7. 以下这些在巴黎可以吃到的法国特色菜中,哪种菜是外来的?

A. 生牡蛎

B. 法式贻贝料理

C. 蒜泥蜗牛

D. 青蛙腿

8. 古斯塔夫·埃菲尔从事什么职业?

A. 工程师

B. 建筑师

C. 跳伞运动员

D. 作家

9. 公众进出地下墓穴的大门位于什么地方?

A. 斯克里普路8号

B. 亨利·罗尔-唐吉上校大道1号

C. 圣母院广场6号

D. 让·若莱斯路211号

10. 我和母亲住在巴黎的哪个区?

A. 第7区,靠近埃菲尔铁塔

B. 第17区

C. 第20区，靠近拉雪兹神父公墓

D. 第24区

11. 我和母亲回加拿大之前参观的那个城堡叫什么名字？

A. 范思哲城堡

B. 枫丹白露城堡

C. 丰特纳城堡

D. 凡尔赛城堡

12. 如果包括郊区，大巴黎共有多少居民？

A. 200多万

B. 1200万

C. 4400万

D. 400万

答 案

1. D.

2. A. 乃依兹圣奥诺雷 · 弗别桥街。

3. B. 卢森堡公园,弗克兰克是外国花园……

4. A. 弗克兰克洛 · 洛芬。

5. C. 中世纪。

6. C. 铁塔之夜 · 烟花。如果你答错了,说明你没有用心去读一无所知。没去看看,就去加吧……

7. D. 事情长是取决体动物。

8. A. 他是工程师。

9. B.

10. C. 巴黎只有20个区。

11. D. 书情胡狼醒什么样慢是不是国?

12. B.

如果你答对了7道题以上,你就是这座城市真正的专家了,祝贺你!